尾巴人

林銘亮

目次

推薦序

輯一　揉搓

輯二　攪拌

輯三　撫摸

推薦序

正是時候——讀林銘亮《尾巴人》

凌性傑

記憶中某個晴朗冬日，我又去了京都。前往平等院鳳凰堂的路上，長時間行走雙腳痠麻不堪，遂先躲進宇治抹茶名店小歇。正要入座時，遠遠看見林銘亮清澈的笑容。在台灣難得見到一面的，竟然在日本相遇。但我一直覺得，在京都偶遇故人絕對不只是巧合而已。那份巧合背後，是相近的心靈狀態，是相類似的願望在引發這些偶然。

癖性各殊的我們，偶然相逢即便興奮卻也沒時間多聊點什麼，因為各有各的行程要走，簡單打個招呼便朝著自己的方向前進。只是，那當下驀然領會，雖然沒有說出口，已經知道原來你也喜歡這裡，或是原來你也喜歡那裡。最好的理解往往心照不宣，彼此都是明白的。讀林銘亮《尾巴人》，讓我進一步印證類似的默契。閱讀散文集的額外收穫，就是看見散文書寫者的品味偏好，以及藏在這些字句後面的成長歷程、閱讀經驗。

《尾巴人》的分輯標題是：「揉搓」、「攪拌」、「撫摸」。這三組動詞像是在重整記憶，把現實經驗組裝成可以對人訴說的樣子。這本散文集裡，人生動態如此鮮明，但經過幾番揉搓、攪拌、撫摸之後，彷彿又定靜下來，像一幅幅文人畫。文人畫講究個性與涵養，《尾巴人》毫不遮掩地流露性情，訴說的語氣有一種「大人味」，不失赤子之心的那種大人味。自己所熱愛的、厭棄的，經過時間的打磨、鞭笞，終於有這種雨過天青的光澤。雨過天青，正是我最愛的瓷器顏色。

時間是一種奇怪的東西，本以為那是測量過去、現在、未來的刻度器，然而它有時更像是空間。人在空間裡，感覺空間的疊合、扭結、交纏，或許才有了時間意識。寫散文難免遇到尷尬，日常生活時間跟散文敘述時間，往往存在溝壑。散文敘述裡的「當下」、「此刻」，在讀者眼中都是已經發生過的事了。

此書輯一「揉搓」回望個人與時代，也為生命裡的重要他人留下畫像，這些都是不可不寫之事，寫出來大概是為了與時間較勁。輯二「攪拌」談生活、旅行、藝術的慰藉，其中的風雅品味讓我很被觸動。輯三「撫摸」的中年況味，也是我正在面對的生命課題。少年不愛運動，中年才開始健身，真不知道時間對我們開了什麼玩笑。

我很喜歡〈尾巴人〉對時間的理解，那同時也是對自己獨一無二存在的理解。這篇文章作為全書的開頭，似乎有一種生不逢時的慨嘆（該說是生得太晚或生得太早呢？）卻又有一種安時處順的瀟灑。記得蘇童用小說處理成長主題，「夾著尾巴做人」成為全書關鍵句。林銘亮則是用「尾巴」觀點看待人世，不忘秀出自己的「尾巴」。年尾出生的人，不合時宜的感觸或許特別深，心理或許也比較敏感。尾巴人善待這些紛亂的情緒，只管專心做自己，他明白「以為晚了，其實是占先」。敏感多情，痴心絕對，是尾巴人的天賦。

我覺得，林銘亮的散文集來得正是時候，沒有太早，也沒有太晚。尾巴人的瀟灑如果太早寫出來可能會過於尖銳，太晚了則可能不夠飛揚。散文書寫語氣，跟身心狀態有密切關連，當然也跟年紀、歷練有關。在最好的年紀出第一本散文集，跟四十歲才出現的六塊腹肌沒什麼兩樣。

尾巴人的中年體育課，不求迅速勇猛，不追求爆發力。重量訓練可以防止肌肉流失，維持身體的活力。心靈的重量訓練亦是如此，讓新陳代謝不要遲滯。

《尾巴人》裡，我尤其喜歡〈無相刀〉、〈如果莊子辦護照〉、〈連續出賽〉這些篇章。可能是因為其中有可貴的幽默，那些幽默感是只有林銘亮才能寫出來的。〈無相刀〉寫到：「藝術真是奇妙，像不著相的如來，時時點化，卻又無律可依，無跡可尋」，這大概也是林銘亮寫散文想要追求的境界。

金庸小說《天龍八部》裡有一套厲害的武功叫做小無相功。這套武功的神妙之處在於沒有固定套路，可以涵納對手的所有招式祕技，將對方的絕技化為己用，它的路數就是沒有路數。所謂無相，不是什麼都沒有。若是什麼都沒有，這樣的東西未免太過虛無，一味執迷於虛無終究是成不了事的。真正的無相，是於相而能離相，知道現實表象是什麼，卻又不被眼前形象所奴役，這樣的逍遙自由我深深嚮往。《尾巴人》裡，消化了無數的他人、無數的表象，只留下「做自己」的逍遙情懷，這可以說是散文書寫的小無相功。

真喜歡《尾巴人》的坦然自在，風塵僕僕之後仍有一顆少年的心。

推薦序

痴心的少年，新鮮的老手

楊佳嫻

零零星星讀林銘亮發表於報刊的散文，寫網球，寫書法，寫旅行，寫看戲，觀點鮮明，用字講究，個人氣息強烈。集結成一冊，一次飽讀下來，又對於這位「新鮮的老手」生出不同認識。

怎麼說是「新鮮的老手」呢？銘亮年過四十才第一次出書，其實發表作品的年資並不短，題材豐贍之外，寫作手法更是變化多端。能抒情同時傳遞技藝知識，議論時頗見老辣，且帶著自嘲與不恭，血性與幽默。所謂「厚積薄發」，這樣用來勸告後生小子、今日看來頗有點老朽的詞彙，拿來形容銘亮《尾巴人》，是完全符合事實、且令人欣羨。許多作家第一本書往往手筆生澀，銘亮第一本書看似晚到，其實完熟才出手。據說他還有不少文章沒收入，期盼能快快讀到第二本。

全書開篇即是〈尾巴人〉，生在年代之末歲之末，像晚到的人，回望著前代煙花，將來的星爆又正逼近。他有所堅持，他被包含在括號之外；「耗許多精力，抹一層殼以保護自己的內心情感卻不問值不值得，大概可稱作『痴』」。痴人之愛或許不合時宜，胸臆儘管燃燒，倒睜著一雙冷眼，冷熱恐怕近於煎熬，也是痴人的負荷。銘亮的「痴」從何處來？往何處去？《尾巴人》可以視為他青埂峰下的回眸。

〈悸．我的青春電力〉追憶中學時光，參加了校刊社，開了眼界，終於可以踢開課文作家，遇見更多塵沙與晶鑽，最愛是馬奎斯，「給深覺寂寞的少年以一個奇幻卻深情得如此真實的道路，這個道路叫文學」。回到母校任教，圖書館裡重逢《拉丁美洲短篇小說集》，書末借閱證果然出現了自己的名字，像時間發來一紙證書。少年銘亮不只從文學得到愛，也在其他藝術形式裡持續拓寬感覺與器識的邊界。

例如〈防空論字〉，自法國小說《紅與黑》說起，數當代成名的技術與焦慮，幾個段落後才切入「書法」主題。為什麼要從成名談起呢？書法如文化的風標，時間又極其久遠，要竄出頭不容易，「成名」諸法開展得特別淋漓、特別讓人驚奇。那些書壇軼事真讓我這種外行人瞪大眼，但是，本文並非〈耳聞書壇怪現狀二十年〉，而試圖思索「物鬥」，將偌大的「書法」和偌大的「人生」、「藝術」聯繫起來。對於「藝術」，銘亮從書法中慢磨而悟：「沒有把戲，觀眾看了會膩；只是把戲，觀眾看一次就膩。如果真是藝術，一橫一豎站在那兒便令人觀之不盡，賞之翫之而不足，最好的藝術就是最好的把戲，因為背後下足了工夫。」這樣的「悟」，好像在每個秀異創作者口中都會聽到，但它不是老生常談，更非雞湯維他命；創作者的快樂或許相類，焚煉道路卻各有曲折。

受焚煉的，何止是創作，也包含了人與時代。〈紅珊瑚冬青〉寫大學時光，不是懷舊，是返觀年輕氣盛之時，島國文化政治正翻江倒海，兩個親密的中文系友人如何辨證「台北」與「非台北」，吵省籍（銘亮來自竹苗，當然還受過客家文化薰陶）、吵二二八、吵台共、吵一切上世紀九十年代台灣人對於歷史與國族的惶惑。晃眼來到中年，友人卻已忘卻當年的爭執。書生論政只是一場水月？只是心靈焦躁難安的兩個中文系人（至今一向被看得那麼保守、屈從、離地，只會糾正「在／再」）在指南山風山霧中自我證明？

另外，我也特別喜歡銘亮著墨於身體的篇章。〈唱歌的伊〉寫阿嬤，此文段落明顯較短，切換得快，大部分對話不用引號，宛如記憶閃閃現。阿公去世後，阿嬤開始學化妝、唱老人卡拉OK，「伊不是文盲嗎」，「可以學啊，學了就會了」，「學會了人就忽然不同了」。學會以新鮮面目過寡居生活，這是生命活潑潑的願望；學會身體只餘一隻乳房，手術後血袋隨著背著，何嘗不是生命於顛躓學步？〈連續出賽〉從比賽寫到運動中的身體，寫到當兵操練裡的身體，抽中金馬獎，海浪包圍，遠島上彷彿是一個更孤立的陽剛氣概比拚場，最後寫到當代健身風潮，鍛鍊宛若受刑，為了爭取更好的（人肉）市場發展。〈天天年輕〉從健身寫到保養，一張臉牽動宇宙，金貴乳霜塗上去，人人想求捷徑，卻往往一點差池就斷了道行（昨天晚上吃了一袋鹹酥雞加熬夜追劇）。銘亮愛美，第一次寫書法就不能忍受醜字端坐劣紙上，額頭冒顆痘痘當然也務必除之後快。萬般講究，男子的身體與臉底下呢，能得到心的至樂嗎？

能使你我年輕嗎？

回想銘亮與我相識，是他中學畢業暑假。他已經通過推薦甄試確定就讀政大中文系，那時我大二升大三，主辦系上文藝營，邀請提前考上的學弟妹參加，自然，也視這批小文青們為系上文學活動的未來生力軍。不過，大學歲月中，我們並未交集太多。多年後，銘亮已是新竹中學深受學生歡迎的老師，而我剛到清華大學任教，這才逐漸增加碰面談話，增加了聽到他魔性笑聲（咦）的機會，我想這全是因為種種人生偶然——卜洛克《到墳場的車票》裡所說「感謝上帝令萬事如此發展」——和文學它萬能的保護。

輯一　揉搓

尾巴人

我和李國修、老虎伍茲有同樣的困擾，落地兩天就兩歲了。又不是綠豆芽，哪裡長這麼快？這當然是農曆的算法。小學的時候埋怨媽媽，怎麼不多忍兩天，元旦寶寶聽起來多麼天圓地方大中至正；媽媽誇張地打個大呵欠說你屁股嬈吱吱一直撞出來阮也無法度。

十六歲的時候討厭同學笑我說十八歲囉，不適用兒童少年福利法囉，呿，實在是叫老了，從那天起我只穿牛仔褲，注重臉部保養，多喝水。我要永遠年輕，落後命運多給我的那兩歲。

我以為我在挑戰命運，我不知道的是，我之所以能挑戰他，原因在他永遠是樂意接受挑戰的勝方。不然你想，一個否認命運的人，又想擊敗命運，這不是自相矛盾嗎？錯誤的信念不可能達成目標，尤其我的敵手是頭罩黑紗神祕高大的命運。當年還在南京東路二段上班，老闆接下合作案，總要抽空，駛賓士到某位大師府上算一算。大師親自打開那喉嚨沙啞的鋁門，袖窄褲寬，蒼灰亂髮蛇竄，胸前掛著一串極大的蜜蠟念珠，腳下趴跶趴跶踩著藍白塑膠拖鞋。簡單寒暄幾句後端出一個黑晶石缽，缽裡各色寶石，裝有七分滿，猛一看還以為是待客的雷根糖。老闆啜兩口老人茶，閉上眼睛，嘴裡祝禱，細白的手指在缽中撥弄，聽著像灑在銅鏡上一陣冰冷的玻璃雨，倏爾單手盈握，手指逐次打開的模樣讓我想起敦煌壁畫上的飛天。小小的寶石們趺坐米色宣紙上，大師端詳其顏色、方位，確認之後再分成數堆，按其成數核對書上籤詩，詩句與讖語逐步顯影合作案的命運好壞。

坐上一個時辰，趨吉避凶說得老闆滿意了，我見機收拾公事包準備告辭，老闆忽然放下車鑰匙，兩腿交叉，說：「幫我們這個小帥哥算算吧？」我連忙說不用不用，不敢勞駕——算命的不過是觀察客人的反應、回話，才決定怎麼說，說什麼，路邊擺攤設館服務都一樣，我知道。大師偏著頭，側錄我的面相，我盯著他，忽然有一條無形的線拉著他左邊的嘴唇出去，露出我這輩子到目前為止只看過一次的笑容，說：「你很固執齁？」大學剛畢業的我愣住了，老闆接過話，說：「那就看個姓名吧？」

大師把我的名字隨手寫在墊茶杯的日曆紙上，算筆畫，排五行，「水灌木，水灌木，木生火……」忽然高叫：「不得了哇！過了四十歲要大富大貴！」老闆聽了哈哈大笑，擠眉弄眼：「果然台北的大老闆都在這裡算過！」我並沒有高興，因為他們的表情比較像我會從現在一直倒楣到四十歲為止，要是我沒有大富大貴也不打算負責。

星座書上都有寫嘛，摩羯是土象星座，四十歲以後才開始走運，任重道遠，吃苦耐勞，是耐操的鐵牛，千斤犗特。後來老闆沒做成那筆生意，我離職的時候她也沒想留我這二十年後的巨賈。

不算命，是因為我知道命運是調皮的孩子，不一定會學乖，大了卻絕對會使壞。

所以我專心做自己。

生在尾端，所以我特別留心「晚」這件事。

不知道為什麼，中學背的詩，出現「晚」的都沒好話：什麼「向晚意不適」、「晚歲迫偷生」、「晚歲登門最不才」……好不容易來了一句「停車坐愛楓林晚」，同學也只注意諧音。課本上浮盪的「晚」之氣味，說好聽是故老疏舊氣，說難聞是屁居頭油氣。我更愛「坐久風頗怒，晚來山更碧」，訴說恆久的抵抗，疲倦惴慄才開了頭，居然就能得到意料之外的報償，命真好；「天意憐幽草，人間重晚晴」，險惡的天上人間點綴著出乎意料的慈悲，碎心人老來尚能領受滋潤。「晚」像泥灘上連串的赤腳印，讓白芒花知道有人走過，讓有情人眼眶紅熱。

如果你也不喜歡占先，甚至就愛繞著路走（唉呀不是遲到的意思），和命運玩玩捉迷藏，看著別人趕路你卻遊戲遲遲，那你也可能像我一樣，是尾巴人。

時序更早一些，大三那年，我忙著打工，木柵與公館最快的路線是領薪水，借來的機車永遠停在政大校門右邊郵局旁，排氣管炭黑色卻有剝人皮的高溫，冷卻速度特別慢，偶爾辣辣地烙我一下。那天準備上小吃攤吃炒河粉，恰巧被系上書法教授碰個正著，同為書道愛好者，她對我特別照顧，也特別不容忍我的劣跡惡習，知道我學業尚可，問我研究所考試準備得如何？我當下一片茫然，說我沒有要考研究所啊想要先當兵，我為什麼要像其他同學一樣去考個不知道未來要研究什麼的研究所？先把兵當完再打算不是比較乾脆？

她沒料到我不深造，我沒料到她會問我人生規劃，我們更沒料到我的回答會這麼「白目加中二」，所以她露出招牌笑容，一手重重按在我肩上，說：「有必要這樣嗎？」

枯勁的手讓我想起那支排氣管。是啊，新世紀的開端，人類幻想著兩千年來的災難都過去了，將要從此遠離戰爭疾病，世界欣欣向榮，靈魂光輝燦爛。時代起陸之漸，不乘風上青天，跑去當兵，有必要這樣嗎？

年輕的時候常常無法解釋自己的行為舉止，青春意味著若有所困。成人看在眼裡，覺得他們在玩，在盤桓，在浪費，為之嘆惋。

我先講以後的事：兩架飛機撞進雙子星大樓，雙子星像烈焰中融化崩塌的鋪料冰淇淋，約三千人死亡。

盟國發動阿富汗戰爭，數萬人死亡。

SARS肆虐，七百餘人死亡，治癒者有嚴重肺部後遺症。

連續的恐怖攻擊。

連續的報復恐怖攻擊的攻擊。

爆炸。槍殺。內戰。核子威脅。金融危機。

——誰算得出這樣的命運呢？

到了我教學生涯的第十年，躋登學術好漢坡的同窗們終於站上大學講台，開始他們「教亦多術」的第一年——聽過台上講授電子學台下大學生卡式瓦斯爐煮火鍋吃的故事吧，是真的——我則是努力要把博士論文寫完的中年好漢。同學會上我們互道前輩，畢竟學術圈最講究輩分，而教育圈特別強調倫理，混學術圈的又總是染指教育圈。最無情時間天秤，人生的得失往秤盤一擺，紋風不動，秤不出哪邊比較貴重。你選擇的這個說不定是先繞過去的那個，誰算得清？

楊德昌導演譏誚，一個人的人生重來多少次都不會改變，什麼這樣那樣！

我喜歡繞路，喜歡晚，不喜歡理睬別人。

以為晚了，其實是占先。有人相信成名要趁早，網路時代靠公關「炒米粉」——炒作、迷因、買粉——就能紅一陣子，尾巴人不相信這一套。尾巴人徐徐圖之，後發先至，等最後變成最先的。人生的短跑選手最怕兩句詩：「我未成名君未嫁，可能俱是不如人」，害怕外部失敗與內在毀滅的悲劇，尾巴人看在眼裡卻覺得好好笑。對尾巴人來說，他人即喜劇，觀察別人為他帶來無窮的快樂。不不不，尾巴人不是無情，遇到生死離合此等大事也掉淚，比自己遇上還難過，只能說真正的尾巴人悲觀絕望，戴淡色眼鏡看世界，看久了眼疲，世界也降了一個色階，時代像日久的地氈，被歲月踩久了也要起刺眼的毛球。尾巴人被推著，無能為力，知道離開黃金時代的小舟盪得越來越遠。知道就好，悲觀的尾巴人沒有痴心妄想，快樂的日子才能打從心底覺得快樂。

尾巴人會這樣想：一九九九年十二月三十一日，是己卯年十一月二十四日，打開佛曆猶太日曆伊斯蘭曆，也會是不同日子吧？憑什麼出娘胎的日子就要被大作文章呢？打開介紹新書的網頁，推薦詞總有「七年級最動人的文字！」「八年級最璀璨的新星！」等字眼，「某某某可惜了是後段班最後一屆，不能這樣打廣告」的遺憾也曾從編輯口中聽聞。紀元後端的尾巴人從小聽慣了生不逢時的詛咒，老早免疫，我可不是甘蔗頭或鳳梨尾，用不著食客品頭論足。

讀張大春《我的老台北》，寫到眷村變化，家家戶戶知道回不去了，紛紛拆除竹籬笆，砌磚牆鋪地板，夢想著搬進公寓大樓；張媽媽非得等到自家竹籬笆被葛樂禮颱風吹走才願意砌牆，至於換磨石子地板、買進電視冰箱也都是很晚的事，別人家都有了他們才買，他們買了別人則準備搬。文章表面寫搬家，骨子裡藏懷念，眷戀遺落在記憶與故事中的山東老家，只有家人知道所謂「不合時宜」背後不忍說不敢說的心情。文章沒有批判任何人，卻寫出生活中兩種行走江湖的姿態：義無反顧與頻頻回首。前者像新出廠的籃球，直迎社會巨掌有意無心的拍打；後者像被遺忘在坡邊的網球，傷勢已深，滾向何處都不忘自我保護。

只怪尾巴人太敏感，太感情用事，活在道德感低落的法治社會裡頭難免頹唐，有空就回味從前，對眼前漫不經心，血管總在事過境遷後才冒煙發燙。別人講「從前」大概是兒時記趣，我的從前常常在魏晉風神、明清俚趣徘徊；別人講「之後」可能是退休養老，我的之後往往和慘遭外星文明降維攻擊的太陽系一起散滅。第一次見面的朋友看我默坐一旁，仰之彌高，望之如絕巖枯松，試探而後交談，才知此人乃連2330是哪支股票代號都不知道的歷史幽靈。我只好尷尬地說呃呃我和這個世界接觸不良很多東西都連不上線傳輸困難真歹勢……

耗許多精力，抹一層殼以保護自己的內心情感卻不問值不值得，大概可稱作「痴」。

你也這樣嗎？那你就是尾巴人，一定就是。

駭悟身是尾巴人，請不要緊張或哭泣，小說裡剛死的鬼才會因為黑暗陌生而戚戚惶惶的，具有尾巴人血統應該驕傲。我輩尾巴人不從眾，所以從時間的向度來說是自由的，可以不必顧慮近十年來已經僵硬結晶化的分眾趨勢，逃離踩人壓人逼瘋人的資訊板模，比空氣分子還輕盈的不妨是自己的一顆心，輕輕跳進意識的型態鉛罐之內，再輕輕跳開。舉個例子，鄧麗君、梅艷芳退下人生舞台後我才趕上她們的當紅年代。怎麼說呢？時代難道會重來？當然，八十年代過去就過去了，人斷氣後慢慢化為枯骨。可是隨著影音平台日趨蓬勃，不知道藏身何處且規模龐大的祕密組織（前手機時代可是要有專業錄影器材才能儲存影像的）將其歌舞逐一上網，每則短片都是歌后們的還魂湯，歡樂的血肉一滴一點長回去遺憾的空骨架，滑鼠游標劈開時空的玻璃棺，九色光彩奔逃展開，景象繽紛，歌曲中洶湧的白色海洋是生命之光，打天邊斜斜穿入懷抱：

望著海一片
滿懷倦
無淚也無言
望著天一片

只感到情懷亂
我的心又似小木船
遠景不見
但仍向著前

梅艷芳癌癒後的歌聲更顯圓長如浪，未平復起；重生的鄧麗君掠攏秀髮，盈盈款立，和周杰倫對唱〈你怎麼說〉。樂壇不了情，這些新世紀的歌姬，透過影音編碼和全息顯像的復活術，在吃飯喝水吹風看遠的真實世界永生，再過五百年，還是她們的全盛時期。

對了，周杰倫一九七九年生，也是尾巴人。

順帶一提，沒人說他生得晚。

傳聞尾巴人到了中年，多半會有飛躍性的成長，不再幻想自己是永遠的弟弟，也不在乎旁人惜早嫌晚的評諷，不再把出生年月日當成老天爺的玩笑，或當成倉皇指認同類的胎記。

唯知世上多有尾巴人，足矣。

唉，為這不過綠豆芝麻的事，竟然白白流了好多淚。

鬢角微霜之際，只能說命運這調皮的孩子除了裝乖、使壞，還捉摸不定。

時光的蓓蕾一層一層地打開了皺褶，記憶中無解的難題被攤平，成了另一種形狀。

——曾經為之受苦的難題換了形狀，似乎就容易處理了。

即使死去，也還將活著回來。心懷慈悲地回來。

這並非隨便的安慰。

原載二〇二一年五月二十一日《聯合報》副刊

關於，小鐵櫃——想我這代人

我有一座鐵櫃，很小，張開雙手正好可以抱住，上半部橫切成窄窄的三層，玻璃門後擺著零零落落的幾本書；下半部對剖，右邊是幾層抽屜，收納字跡漫漶的廢紙，左邊是黑魆魆的空間。每推一次鐵門，總要尖銳地伊呀一句，像驚喜的歡呼，但我只是奉命把更多的廢紙塞進去，關上，不看字。

沒想到異世界惡意地送來可愛的使者，他們被統稱為「故事書」。媽媽說，你看，我接過來，有一隻大眼睛的動物蹦跳在每一頁上，我摩娑牠的背，媽媽說牠叫斑比，小鹿斑比，牠是鹿。鹿，背上有斑點，小鹿，小鹿斑比背上有斑點，我好愛牠，叫著牠的名字，努力學著把圍繞著牠的朋友的名字都叫出來，這樣牠就不孤單。

爸爸特地到夜市買了動物壁貼，有斑比、松鼠、灰兔、五瓣紅花、青草、大樹，他在塑膠射出廠擔任領班，滿腦子盼望晉升組長，自動把這些圖案在我臥房牆上貼成一直線，像工廠作業員，甚至彼此等距。媽媽進房一看就罵，她罵你嘛幫幫忙，人家是像說故事貼成一幅畫，你貼這樣有夠難看！不過來不及了，背膠禁不起扯，扯一下我們家的油漆要崩一大塊，露出後頭的泥沙。妹妹馬上說我房間的自己貼！她的斑比歪在樹旁邊乘涼，和小花低語，松鼠和灰兔圍在牠旁邊，鼓起小臉，又笑又鬧。

我房間的牠們孤零零，只會瞪大眼睛。我赤腳坐在地上，和牠們等距，腳趾頭冰涼如雨。

等我高了些，識多了字，就踮著腳，透過能照出一顆頭的玻璃窗暢望那些書，玻璃後頭一片汪洋，搖漾夢幻般的晴光，那些書名，隸書楷體美術字，《七里香》、《往事知多少》、《牧羊女》、《金瓶梅》、《京華煙雲》、《你所喜愛的散文》、《紅樓夢》……以及更多更多現已沉沒在遺忘中的書脊，全是邪惡的謎，陌生的王國。好美啊，邪惡與陌生。

愛看書的我總不知道何時該換鞋子，何時該走到院子裡的楊桃樹下等，坐爸爸的摩托車到工廠吃免費午飯，每每意識到該做這些事情的時候，同時也意識到我跳在書外了。院子裡的土蜂憤怒地與陽光搏鬥，工廠裡的機器是汽水瓶的綠色，兩者都令我害怕，還好有爸爸。瘦高的他來來回回地擋在我和怒吼的土蜂中間，牽我的手，沿著高大如牆的機器走向員工餐廳，抬頭看見如銀河的亮橘色塑膠粒子從天上奔流進轟隆隆的機器肚子。他的同事遞給我一只亮橘色塑膠大碗，我心頭莫名地收緊了一下。碗裡爌肉、蔬菜疊在白飯上，我用湯匙慢慢扒來吃，一小口接著一小口，因為掉了一粒米父親就會舉筷子打，打我的指節，罵我不惜物。

已經記不清楚當我可以從微髒的玻璃後頭取出那些書亂翻的時候是八歲、十歲還是十二歲或更晚，因為那幾年總是有一群人來家裡賭，骰子整晚在瓷碗公裡蹦，叮鈴鈴、叮鈴鈴、叮鈴鈴，伴隨著男人混濁的吼叫，彷彿處決；還有嘩啦啦倒水般的麻將聲、劈哩啪啦點鞭炮似的划拳聲、酒醉薰人的吆喝聲、媽媽炒菜的鍋鏟聲……我躲在二樓關上房門，我討厭這些噪音，因為我知道噪音後面有更令我討厭的事要來。那些所謂「朋友」走掉以後，媽媽必須拖著沙袋一樣沉的爸爸進房，隔天他們要吵架要摔盤子要拍桌子要哭要罵，爸爸說他愛朋友愛熱鬧，媽媽說她愛家人愛清靜像你這樣喝改天老婆女兒被人強你都不知道！

我想著森林，想著勇敢的故事，以為悠邃美麗可以是抵抗傷害的神奇法術，那些反覆重疊的文字線條，漩渦與深淵的動物眼睛，如果說美麗沒有法術，我怎會沉迷？可是我的確遭受駭人的菸味從所有的縫隙襲擊，赤裸裸的。

我指認字，世界的邊緣就開始溶解、滴落——所謂腐蝕。

等我升小學，爸爸所謂的「朋友」不來了。十信案，工廠無預警倒閉，他只當了一年組長。晚上，我念書，他坐在床沿，低頭讀我看不懂的書，我忍不住偷瞄他逐漸清晰的頭皮，像附近廢耕的農田。書名《紅樓夢》，我翻開蝴蝶頁，簽的是爸爸的名字。在這之前我以為鐵櫃的書都是媽媽買的，即使她每天都在家趴縫紉機，縫紉那些永遠處理不完、有如崇山峻嶺的、從成衣工廠運來的衣褲，從不看書。有天晚上我們全家擠在客廳放錄影帶，《真善美》，妹妹說片好長她好想尿尿，我說妳就去啊不要在這裡吵。妹妹沒有挪屁股，因為小電視機裡正上演躲在教堂的崔普一家被納粹發現，崔普上校正對女兒的心上人曉以大義，當時悄然無聲，爸媽和我和妹妹放慢呼吸，這個士兵年輕俊美，又喜歡崔普家的大姊，應該會放他們一馬吧？沒料到他大喊抓人，爸爸突然破口大罵：「我幹你娘啊咧這個臭小囝！」

我瞄著他的禿頭和啤酒肚，抿嘴唇偷笑。

擁有一技之長的爸爸還是被其他公司挖角，前往電視傳說裡的未知中國，我常為他擔心，又有點驕傲，因為他的台商身分讓我成了同學口中第一個去過香港玩的「貴公子」，同學說香港這麼小你應該遇過張學友或劉德華，我說沒有，不過香港寫繁體字。看他們吃驚的表情，我洋洋得意。媽媽沒有渡海宣示主權，依然天天在台灣趴縫紉機，假日打掃家裡，一邊把鐵櫃裡的書收拾整齊，一邊罵我懶得把書隨手歸位。

她永遠不會發現，只有我看見文字從書的夾縫亂踊出來，推倒舊書，叫他們無處立足；不停變化其排列，展覽新組合，設置世界全景圖。自此以徂，我識圖辨字、讀廣告招牌、跟著錄音帶附贈的小歌詞單唱、看懂西洋電影的字幕、進入陰暗的現代主義小說，朗誦頹廢派詩歌，意氣用盡地把小鐵櫃撐大，避談家庭與出身，謊稱自己不是一個懶散怕事的人——特別當父母親不生事不畏事，進了廚房自然挽袖子，而明知他們受苦，我卻不免麻木的不道德時候。

在台北那四年大學，我明白了，《牧羊女》是美文，《紅樓夢》是美典，《京華煙雲》不只是連續劇，《七里香》遍開席慕蓉少女飄花之心。明白又怎麼樣呢？文字真是空虛的蜃樓。二十歲左右的我，沒有抽過一口菸，但是喝很多酒，不喜歡和家人聯絡，也不覺有錯。這樣子好像對不起很多人，卻也無可奈何。

書念多了，既有的人生腐蝕了，後來的人生有沒有成形，我還不知道。我跳進鐵櫃，把自己上鎖。我失去了鑰匙。鐵櫃的正面依舊是無從掩藏的透明玻璃。而我，彷彿還是快樂的，隔著這層玻璃評點世人。

原載二〇一九年四月一日《自由時報》副刊

身陷待老坑

再過去這一秒坑之南就全黑了。我提吊著的心和脫好的皮，一起擱在有些腐意的榕樹枯葉中，趴入樹腳，就伸出一對裸眼看燈火一窪如不滅之沫，在月娘下耀射七彩光芒。在那裡看月娘不知道是什麼樣子？虎白色的細爪也會穿過碎枝攫住不寐的魂麼？鄰坑的樟山寺供好觀音躲在龕裡當然不怕月光光，旁邊的攤子和爬山健行的遊客一樣多，祂掩門享受，沒必要出來照顧我。

母親和觀音同一天生的事實，笑破年輕族人好幾副眼鏡。該離開那天，她遞給我一塊玉觀音，說是求來的，戴好。再沒第二句廢話，一點不擔心。我還焦慮著天生的尾巴、腳掌的鱗片，城裡的人不拿棍棒打，他們只是輕視，致命的輕視。打族裡來城念書，天一亮就得趕緊裝扮，黃色帽T蓋住長耳朵，口罩罩緊長下巴，避免聽到同學細細的閒話而忍不住土話脫口，特別是婊人的骯髒土話——就是父母摔碗拍桌拉頭髮掐脖子相罵的那種土話，雖然說罵髒話愈髒愈過癮，像爆煙火，嗶嗶剝剝爆完了心情爽朗舒暢。唉，可是城來的女同學聽到恐怕要受不了。

月娘這隻母蜘蛛，兩腳牽絲裹白了一城燈火。她恨不得吸乾它。

這表示當明天雨滴打起眼皮時我會看見煙雨迷濛，坑裡只有幾棟高樓掙破雲水繚繞，頂端閃著燈，遠遠的，像幾顆冰冷的鑽石，淋著雨，無聊地搭和彼此稀落的音符。雨的台北遮去它銳利的稜角，雨的台北顯得孤僻，雨的台北內心煩躁，雨的台北只能喝自己的髒水，髒水都是從這裡流下去，「我們來念大學，又不是念水師學堂！」老教授老愛談他們研究所時代的往事，雨奔落凶凶，大水滾滾而至，能抓多少論文草稿就抓多少，抓了往二樓衝，逃避不停舐向腳跟的水的舌尖。時間施展魔術，千萬鋼筆字在泥水中慢慢融化成浪漫。我們學生打傘度橋，自有話本風味，飄灑著故事被說出之前的飽滿期待；或在張協興茶行前收傘，買一包鐵觀音牛軋糖吃，啃咬嚼吮吞嚥，喚醒躲在糖膏中的茶葉香魂，竄進鼻裡，展演了它在丘陵濕潤的一生。

丘陵體內，原始亡靈必然層層疊疊，他們匍匐的悲傷沒有形體，哭聲不被聽見，但上天哀憐，借雨水給他們刷洗坑中密麻如蟻的墓碑，雨水將手指深入土壤，安撫無人收撿的枯骨。

坑之南名「木柵」，木做的柵，殘敗稀疏，大夥全柵在裡面，連雨也走不開。

又或許……我睜開眼，河堤已恢復從前的荒蕪，山蹲下身把裙子一點一點浸泡到溪裡，草長進溪中的小小沙洲，對兩隻白鷺鷥而言就是全世界的小小沙洲，牠們羽摩頸挲，我走過去，牠們彷彿下了某種決定，鼓起白色的翅膀，騰越、翱翔，散逸在灘流的幽咽之外。我直直望著，腦中有萬分之一秒的地震，來不及暈眩，世界就變了。記憶皺，河岸瘦，山坡生出青木走廊，山裙擣做水泥圳，校門口的廣場筍發霓虹閃爍的海報柱，豎起公園常見的長椅，兩個小孩失速而來，一聲噗通撞上去，坐飽了闊步而行，背影囂張，俱無恐懼可怕。好個撅高屁股的城市文明。

學長K和我目睹了廣場小革命，我也相信一萬多人的學校只有我們在乎。他畢業後第一個陰曆十七，圓月虧損，銀色的華麗逐漸消亡，走過百廢不舉的鋼骨、水泥、砂石、植草磚，癱躺在地的重機械、電鑽、掃把、沙袋，舊世界全部被摧毀，新世界也不為我們建立，為了感覺疲軟，我們刻意越過眼前的小障礙，乃因唯有倦容才肯向張牙舞爪的世界稍稍妥協。

在圖書館前的階梯上，躺下，略數往事，來台北以後才會做的傻事：每禮拜跑戲劇院、在這（就這兒）聊個通宵、連夜將抗議旗幟種滿校園、不家教寧可到咖啡店刷馬桶……

回憶以情感熱油爆炒後，輕而燙手。我回頭望圖書館大門，大門緊閉。

「你知道嗎？書上說觀世音菩薩可男可女，可以騎大象也可以騎龍，可以變成落葉也可以變成風。」

「那可以變成星星或月亮嗎？」

「不知道。應該可以吧。」我立刻把腳往天上舉，一步步踩在月娘面上，表達對時間與超自然力量的妒意。

「去逛逛城中之城吧你，俗鬼才老待在木柵。」他瞥一眼還癱瘓在地的長椅。

電動地鼠般不住探頭的惱人思緒得靠失眠來打。K那句話好刺耳，幾年過去，不蝕不鏽，銳利如針，逛逛城中之城不過是件小事，但我總提心吊膽。月娘垂下手臂，睡著了吧？管不住的喃喃夢囈說明她不再裂著眼眶往人世間看，我和這個城市終於也可以喘口氣，在清晨四點，我關上戒備的神經，它關上燈。肌肉纖維打個大哈欠，伸伸懶腰，拉著靈魂昏濛地沉入地底，柔軟如胸脯的地底。

我還像地精，睜開眼就要察看寶貝是否遭竊，幸好，城中之城的地圖安安穩穩地藏在帽T的口袋裡。第一次，一定要坐公車，走信義快速道路，嘗二十分鐘就到的鮮，看輕黃昏，去亂竄讓機長顫抖的尖錐形大樓、鋪上繁錯花紋地毯的精品店、藏著異次元空間的電視牆、綴滿鵝黃燈泡的手扶梯，享受數小時金色極樂世界的極限歡樂。

過了八點，極樂世界的觀光客愈擠，亂走一天，腿才甘願要痠，想坐嘛，都是人行磚坐哪呢？陰著軀體的台北人從身旁撞過，頭也不回地消失在前方層層疊疊的背影中。路上車燈猛若閃電流星，我故意愈走愈慢，眼前腳步雜沓，車大燈瘋狂逡巡，人心惶惶，耳畔是笑聲還是哭號？是烽火連三月？是兵燹滿江湖？與時間鏖戰，不流血但有死亡，青春大規模地崩毀，餘震連連，狼煙滾滾，記憶剛重建又坍塌……母親啊母親妳不知道，K、教授、我多懼怕坑底夢塵的生活會活埋失憶，大家對生活喋喋不休，因大家確實如此老去。

又撞！伊娘啊。根本找沒長椅坐。

夜被光害，泛黃而無星月，半舊的天空亦被高樓夾擊，小而破碎。近十一時，計程車上，我對司機說：到待老坑，有點遠。

都在台北哪裡遠？他竊笑。

都市燈火依然明亮如醉，待老坑的柵欄破落，殘敗的木椅靜默而嚴肅。木椅外，黑色的霧恍若有光。它真的不遠，但沒有人敢靠近看一看。

本文獲二〇〇九年第十一屆台北文學獎散文組佳作

悸・我的青春電力

校刊社請我寫一篇稿子，講述高中生活，青春記憶。一時間還真慌了手腳，不是遺忘，是過去一切的一切宛然如昨；而本來以為煙消雲散的過往，原來折疊安好，藏放於劇烈旋轉、暈眩心神的生活間。不經意的花拆葉落，雨濺風搖，我就會收到這來自過去自己的訊息，曾經那麼傻過，曾經狠狠愛過，於是悸動，於是重逢。

高中的我是個活在文藝世界的傻子。從小寫書法、寫作、畫圖，嚮往優雅的外國生活，一心聽西洋音樂，即使身處會漏水的小房間，至少能暫時擺脫工人家庭的氣息。考上竹中後，趁開學前的週末，爸爸陪著我「熟悉環境」，見了新民樓一樓角落掛著「國文科研究室」的牌子，「國文」加「研究」，這兩個詞對文藝少年來說具有強烈的殺傷力，彷彿裡面充滿了書籍和作家，或許還有咖啡座（那時候誠品書局剛剛

尾巴人

風行，小說加咖啡，就是憂鬱小生啦）。興沖沖地衝進去，裡頭陰陰暗暗，眼前只有兩個老男人對坐聊天。

「什麼事？」「請問國文科研究室是什麼意思？」他們互看一眼，其中一個說：「就是辦公室的意思。」

這兩個白髮男人讓我滿懷恐懼，自此打定主意以後絕對不當老師，大學教育學程也是爸媽同學押著我修，才咬牙修完，教心教哲，無趣至極。人生之峰迴路轉，世事之難測，可為一證。

順帶一提，回我話的人是彭老師，能寫在這裡，純粹是因為他退休了。

高中的我是數學界的奇才，如果可能，不妨加上體育界與藝能界。高一暑假作業考試，數學拿了五十四分，我到現在都還能記得精確的數字，可見當時打擊之大，非成人所能體會。看著生平第一次不及格的考卷，我坐在書桌前一直掉眼淚，媽媽站在旁邊，使勁罵，徹底發揮九〇年代成衣女工的優勢——職業婦女、在家上班、照顧小孩。因這貼身管訓，沒多久我又陷入補習數學不知所云的惡夢中。

然而，當時媽媽和我都不知道，五十四分，已經是本人高中數學的最高成績。相同的情形也發生在藝能課上。工藝課做鐵鎚，一整個學期下來，我做出一個非均衡也非對襯的藝術品，至今供在神桌之上；高二做燈泡通電開關阻接電路裝置，期末考時全班過關——除了我。我留下獨自接了三十分鐘，回到班上，正好是班導的數學課，全班回頭，紛紛以氣音探問：過了沒？過了沒？過了沒？我苦笑點頭，他們報以如雷的掌聲與笑聲。在新竹高中聽到這些歡呼，都不是什麼好事。體育課做完操就去籃球架下發呆，夏日游泳課，小紅帽穿戴整齊，下去泡湯，繼續發呆。美術課，畫國畫，黃敬雅老師要我們畫白頭翁，他以冷硬但有力的聲音說：「蘸淡黃色顏料畫圓。」畫圓？我小心翼翼，畫了個正圓，塗滿淡黃色。他教課，每個環節檢查，大家擱筆，他才說：「這就是白頭翁的頭。」我趕緊把手掌蓋在上面，欲蓋彌彰，他走來把手推開，說：「白頭翁就是頭白色的，才叫白頭翁，你把它塗滿！負一百分！」

拿一件事情作為這些零碎片段的隱喻好了：政大面試結束，隔天就要考期中考，第一堂就要考數學。沒有掙扎，也沒有懸念，考卷發來，四分。這次是班導出題，據聞輕鬆寫意，大夥笑臉盈盈。然而這還不夠尷尬，檢討完卷子我才知道，填充題敘述有誤，送了四分。

我不能寫出班導的名字，因為他還沒退休。

高中的我是嗜寫的瘋子。這個毛病一路從國中跟著我，高一選社毫無阻撓地上了校刊社，高興了好久，之後才發現是沒人要填，心裡懊惱，學長還安慰我們說他高二那年轉出去的比新社員還多。結果我們更低落。

那時校刊社都要寫社誌，中午時間，拿著輪流寫自己的心情。社誌旁邊擺著老學長鄭遠祥寫的創社宣言、創社始末，宛若家國寶器。有神主如斯，厚厚一本社誌更寫得密密麻麻，你我抬槓、詰問、談心，訓練文筆。看到別人洋洋灑灑，肆恣縱橫，不免吃味，回家更是繼續攤開稿紙怒寫散文。我在竹中寫的第一篇散文叫〈七里香〉，到了社團每週固定交稿的日子，怯生生地遞上去。寫作的人總是這樣，又要別人看，又怕別人看——希望別人喜歡，一旦有負評卻百口莫辯，作家總不好對自己的作品說長論短。過幾天，指導老師林秀燕把我叫去，改了幾個句子，指著後面幾段，寫七里香景中含情，說：「這就是文學！」含蓄寄託的美學準則，有一陣子成為我寫作的規臬，和秀燕老師息息相關。

某一天看見公告欄上貼著教育部文藝獎的簡章，連忙抄下字數與截稿日期，正好前陣子音樂課被老師要求聽音樂會，去了清大，回程竟迷其路，路上車燈滾滾，衝擊如流，從這裡發想寫了〈幽林〉。寫完之後，教育部文藝獎也過了截稿日，遂連外公過世時寫的〈奔喪〉，三篇一起投去了竹中竹女文藝創作獎。評審當天，太緊張而故意缺席，後來三篇文章分別拿了一、三名和佳作，難以置信。難以置信的不只有我，還有某女中的老師，她們發揮市場殺價的本能，提議要不就不辦，要不就限制每人每項各投一篇。討論通過後，簡稱林銘亮條款。

不曉得聽過誰說的一句話：「喜歡文學，最根本的就是要對每個字感興趣。」看世界，就像臨帖，認字讀字，每個字都有新鮮感。在校刊社總算開了眼界，可以把國中課文作家踢開，看見五四、看見現代主義、看見詩、看見劇作、看見各國文學，張愛玲、白先勇、張大春、洛夫、夏宇都是當時初識，一識成主顧。最愛不釋手的是馬奎斯，魔幻寫實的《百年孤寂》，給深覺寂寞的少年以一個奇幻卻深情得如此真實的道路，這個道路叫文學。高中的我其實並不快樂，升學壓力、家庭經濟、人際關係架起了一座鐵牢籠，我拘執其中，復精心拉扯許許多多憤怒與叛逆的鐵條，隔開陽光，蜷縮在黑影的憂鬱，默不出聲。

回母校教書之後，某天到圖書館借書，逡巡書架，忽然看見《拉丁美洲短篇小說集》，似曾相識，翻至最後蝴蝶頁，抽起借閱證，赫然出現林。銘。亮三個大字，字寬疏而轉折鋒銳，那時的我正在學習魏碑，點劃撇捺都沉穩有力，我很激動，激動得不知如何是好，痴痴佇立，熱淚盈眶，啊，折疊在那裡的，安安靜靜等著我的，是依舊火燙的青春。

嘗鮮

媽媽說，住海口村那些年，汝向埕裡亂爬吃鼻屎，阿公阿嬤河洛話喊汝吃飯，汝回話響亮，像只小銅盞，響亮亮，怎麼現在離離落落？你假嘆口氣，說，唉啊，住苗栗也只好講國語，班上一到五十五號，最少四十個客家人。媽媽唧唧哼哼，我聽汝在講耍笑。你說，真正！他們連下課都在說國語！爸爸一口貢丸湯咕嚕吞嚥，筷子斜擺，害，要變外省囝仔囉。你因驚嚇而咬裂了竹筷，以為不會說方言的人就要被劃出去和外省人姓。

國中課本寫，正向思考有助於減輕焦慮，進了理髮店不就是學洗頭，學會幾句客家話也算愛鄉愛土愛同學。在柑橘盛產的季節，風紀股長說，你要學？你說，隨你教。張天王搶先說，蠕乳尬己拔。哭夭！你捏他肩膀，教正經的，一聽就是客家髒話，什麼蠕乳尬己拔！張天王揉揉肩，高聲說，暗紫白，你們閩南人才髒，什麼都髒話，軟軟的麻糬，拜拜請客少不了，沾了白糖花生粉，好吃！你摸摸鼻子，因為你真的吃過，雪白豬肝大的一塊，軟糯，香黏，夾著筷子交叉劃開，像不停地除以二，數學課本寫，一根竹竿對剖，永遠剖不完。騙人，己拔怎麼一下吃個精光。要吃麻糬自己拔，聽著合理，然而全班還是一講就笑，熱辣辣綺思撚爆。

你對客家的理解，是從一根歪骨頭摸進去的。

過了三個柑橘盛產的季節，張天王、陳小黑、劉浪漢……以及刪節號帶去的二十七位男同學，加上你，考上同一所高中，過去摔斷的牙、掛在衣架的淤血、混在立可白的淚，一一鎖在了鄉下。陳小黑說，爽啦，可以玩了，第一學期兩科死當。張天王說，爽啦，可以玩了，第一學期上司令台領書卷獎。劉浪漢說，爽啦，乃父免閣食營養午餐，第一學期只帶筷子夾別人便當，同學情急之下吐口水，他說——噢，他沒說話照樣夾起來吃。是，他是河洛人。黃小胖對你說，河洛人奸巧，又貪。你反駁，客家人吝嗇。黃小胖搭你肩，不是吝嗇，更不貪小，是勤儉，要不然，這條金莎巧克力送你，我們做個朋友？你塞一口怪味便當菜，想想，自己畢竟不奸巧，也嫌不大方，吃了金莎，不做朋友。

日後想來，你認為是便當菜惹的禍。九十年代的學校餐廳十分民主，有兩種選擇，統一代訂便當，或搶奪自助餐；相同處在菜色，相異處在溫度。高中男生要搶籃球場，一心吃飽，無心在乎飯菜口味。應該鹹中帶甜的滷肉，容顏慘白，慣見的筍絲換成霉乾菜，柴澀寡味，不霉不甘，簡直鞋皮。更有種調味醬，從未見過，殷紅如唇膏，聞一聞，腥，一嚐心驚，唾之桌頂。肉類尚且如此，遑論炒菜醃瓜，重油重鹹，不運動就洗腎。你絞著雙眉對黃小胖說，閩南菜混客家風味，吃不慣。他說，逢遭這東西到處都有，你沒吃過，久了會愛死。你說，逢遭是什麼？逢仙遭鬼？他答，是一種米做的醬，雞肉豬肉放進去醃一醃，有酒味。他答非你所想，但邏輯對：酒像藥，苦歪歪薟辣辣。回家轉述，媽媽聽了大笑出牙，說，不是逢遭，是紅糟！酒嘛，是真的沒什麼好喝。那為什麼這麼多人喝酒？你說。她頭一歪，說，有錢嘍，買酒擺闊；沒錢嘿，買酒假裝擺闊，言畢繼續低首踩縫紉機踏板。這不就是騙嗎？你說。她說，自欺欺人容易過日子。一言未盡，阿娘喂，你大叫一聲摔上桌，有根粗針插進腳底。她斜乜一眼，說，喔，中午車斷的，原來跳到這！死囝仔給你踩到！毫無歉意地，繼續踩縫紉機踏板。

你翻過腳掌，看著插在肉上的針頭，喃喃自語，誤讀一個詞原來這麼痛。

又過了三個柑橘盛產的季節，二十七個男同學畢業後全部留在頭前溪以南念大學。你鬆了一口氣，準備在台北重新做人。和國中同學又續前緣，她也是客家人，不節儉，愛打扮，玩過幾個男人，單身。你對她說，妳很不像客家人。她說，你腦袋裡的沙文主義加刻板族群想像應該受現代女權的批判，《第二性》看過吧？《性政治》看過吧？《自己的房間》看過吧？看過吧？哭爸，都沒看過？那你是怎麼進中文系的？你沒話。她說，算了，不用去圖書館，我苗栗家都有。她家偏僻得靜死，兩層樓，獨門獨戶，左邊是馬路，右邊是機車行，機車行右邊是沒人住的破房子，破房子右邊是一片頹垣，再右邊就是寒冷的荒蕪。你想不到這裡有書，全是你沒看過的書，這裡是從黑色次元橫立的時空切口，她平白領先了你一世紀。你難過，自卑，又沒話了。她說，跟我家去吃客家菜，客家菜重油重鹹，療癒系食物——這也是族群刻板印象，不過，客家人罵客家人不會有事，就像同志才能罵人玻璃，黑人才能罵人黑鬼，女人才能罵人婊子，這是受害者的特權你懂吧？你心想，要是在高中，我絕不吃客家菜。

五個人坐一台車，她說：直直駛落去，去吃私房菜。你以為菜譜是傳家祕方，上來的卻還是豬油拌飯、雞油燜筍、白斬閹雞、客家小炒、梅干爌肉、福菜肉片湯，一碟桔醬。你說，哪裡私房？她爸爸笑說，年輕人不知道，客家人孝心，有好菜色留著給阿公阿婆，私房菜是專給老人家吃的菜，你看這孝心啊，現在的兒女不一樣，要吃自己煮。她夾一口燜筍，說，老人家的私房菜常常留給孫子吃。你說，像私房錢，懂。她說，不一樣，藏私房錢的是女人。她爸爸無語。你忙說，還是桔醬好，和點醬油膏，沾白斬雞肉，天下無敵，客家人真聰明。她說，滿山滿谷的桶柑茂谷柑海梨柑，不做桔醬也只能落土爛，腳步跟緊生活罷了。她爸爸還是無語，嚼著小炒裡硬邦邦的魷魚。

走出餐廳，櫃檯旁柑橘黃澄澄堆積，厚紙板當廣告招牌，寫著：自家耕種，無毒。她爸爸問，有沒有灑農藥啊？店家說：一點點。

答話理直氣壯，有如天本圓地本方，真可謂心胸開闊。

轉眼又到了柑橘盛產的季節，新竹、苗栗這十幾年翻地皮起高樓，動刀整形，一意複製現代化進步的模型。這天你隨同事重遊關西新埔，嘆氣說道，上山現吃海梨柑，逛農會暢飲仙草茶，食軟軟个粢粑，就以為是天長地久。同事大笑，虧你閩南人還會說客家話！你說，客家話一字一句都不簡單，背後全是學問，學問背後全是故事。你記得那些男孩女孩中學時期的模樣，大家在一起就像進了遊樂園，左衝右撞，尖叫推搡著，揉著捏著，摟著背抱著腰，開心了一個下午，揮手說再見，星流向天涯八方。

為什麼這一生真的好像只是一個下午？

山風吹送，斜陽漸冷，柑橘樹林翠蔭搖綠，天空碎裂金屑閃爍，恍惚之間你聽見時光的凶聲，看見手中吃掉大半的海梨柑裡有十幾隻蟲。你橫膈膜發癢。客家庄的蟲抖抖顫顫地在掙扎。你笑。你直打哆嗦。

原載二〇一八年七月十一日《自由時報》副刊

本文收錄於二〇一九年十二月出版《二〇一八飲食文選》（二魚文化）

唱歌的伊

爸媽還不是孤兒的那些過年，全家人居然一路吵回嘉義市區，直到看見阿公站在巷口招手才罷休。巷子太窄，進不了車，我和妹妹開門跳下，撞過去抱住他的大腿又叫又跳，媽媽捧出禮盒，小心踩著高跟鞋。爸爸的車還沒熄火呢，這次不知道要停到哪一個遙遠的路口去。

阿嬤永遠在煎菜頭粿。一盤又一盤地端出來敬拜神。

滿屋子焦黃，油香，迎接飢餓的兒女。

紅檀木祖宗牌位灰塵拂去，魚籃觀音玉白色微笑，兩旁日紅天堂鳥新插。

大理石桌上團團的棗枝、花生、果凍、瓜子、仙貝、海苔、金柑糖、核桃糕、新港飴；時代變化，又添上牛軋糖、法蘭酥、金莎巧克力，這麼多，好怕桌面被壓碎。

新港飴還是阿公託人從老家那兒買來的。

阿嬤笑說，小孩祖愛吃。

伊看到孫子就努力講國語，「子」卻走音成「祖」。

「寵孫也要有個限度，」媽媽偷偷抱怨，「伊以前追著我庄頭打到庄尾，我氣得離家出走，躲在大伯家一整晚。隔天回家，伊才看到我，就只說去煮飯。」

愈說眼眶睜愈大，都變了形。

伊年輕時這樣凶惡？

阿公吃素，著意多給孫子零食當彌補。

豆簽、麵筋、素雞、素海苔火腿捲、蘿蔔香菇湯，飄散幾縷熱煙。幾十年擦不掉的黯淡素油味，紛紛鑽進桌腳的髓裡。

珠簾排列出了鳳凰的圖案，過年行竈腳的人多，五彩鳳凰搖曳全身珠翠，圓潤的歌聲婉轉。

一直聊到電視收播，我搶著要闔上電視小拉門。

浴室的燈泡像顆停止發育的小桃子，暈漾銘黃光。天藍、粉紅、雪白馬賽克裝飾的浴缸裝滿水，水面晃著大紅色塑膠杓子。

一隻手伸出門外，遞給媽媽看，問說：「洗髮精怎麼都不起泡？」

唉啊這是潤髮乳，阿嬤用的。

難怪伊一頭鬈髮黑而亮，阿公髮白，近禿。

剃光了頭的一百人，挺直背，艱難地坐在下鋪的床沿，唱到名消失。悶熱的日光一節一節地把自己調亮，終至發燙。寢室熄燈，耳朵爬滿眼睛，光頭不蓄汗，汗流得滿腮。

我的名字響起。班長說來訪的是舅媽和阿嬤。

曬好黑，好有精神，英俊喔。阿嬤體型寬闊，嗓門絕大，音色如同舊柏油路面粗礪。草地上的人群便與我們有了遙遙的距離。

綠草地上，隔著長方形的報紙，感到露水涼沁。

阿嬤打開一盒盒的油葷，拈出糯米腸，堅持餵我，紅茶插上吸管，等我張嘴。一早就從市場買好的滷味加了大把的酸菜和蔥，粉腸沾裹嘉義特有的胭脂紅甜辣醬，涼的，吃在口裡極度油膩。

吃不慣習？

我微笑著搖搖頭。搖頭表示同意。

舅媽從紅白直條塑膠袋撈出三條重棗色平口內褲，正面印凶惡的黃底黑紋虎頭，直書四個淋漓的行體字，「虎虎生風。」

料子不錯，三條一百，摸摸看。

實際，是母族表達親密的方式。某一年母親節，阿姨很開心地告訴我們，開始從軍賺錢的兒子送她的禮物是盆栽，一棵樹。

因為花束幾天就枯萎，不划算。

多麼精打細算啊！媽媽在電話這頭讚歎。

實際最浪漫。

被冷落的油葷引來綠頭蒼蠅，嗡嗡盤飛。

阿嬤嫩白的肥手一揮，我才注意到伊已經吞下許多內臟，吃得比我還多。

伊說，不可以浪費。

新訓結束，我從未覺得自強號座椅如此舒適，躺臥其上，柔軟，鬆人。軍營裡只有硬板凳哪。

回家先泡了澡，熱水中孵著面會以來的疑惑。

阿公吃素，伊沒有。媽媽說。

為什麼？不是夫妻嗎？

伊只是跟著吃，吃素是阿公的事。不然你以為夫妻應該怎樣？

從儲物間搬出石膏製的彌勒，身揹一口大布袋，袋口抓出皺褶，臉上歡喜的大笑引長眉飄動；肚皮渾圓，寬袍波動如流雲，活潑的身姿，慈祥的面容，讓人相信祂能善待布袋裝的每個願望。阿公篤信一貫道，也崇拜彌勒。我每晚跪著叩首，彌勒暫棲房間靠窗的桌上。

Cancer，癌症。肺癌，Lung cancer。媽媽特別記下這兩個英文單字，避免講電話時被他聽出來。瞎子摸象的醫療年代，都已經末期了還進行各種治療：穿刺、化療、打藥，四肢綁著不讓掙扎，他睜大眼睛驚恐地看著他的大女兒彷彿在問做什麼？要做什麼？拔去吧拔去吧……要氣切啊，手術刀切開喉嚨，插管子進去啊，媽媽在心裡說。

他很想活命，醫生講，他照做，再辛苦都做。

整人喲。

放學後的黃昏，彌勒浴在水金色的光芒中，在我叩首的時候，暮色蒼然，從遠處悄步移來，彌勒的笑容於昏暗中漸漸冷卻。

算命斷他七十四，他去年還去學英文學開車，還說會拉胡琴不夠想要學揚琴，還有十幾年，夠了。

古代多有起死回生的傳說，點一支還魂香，彈一首先秦的琴曲，或判官發現黑白無常錯抓，只好放人還陽。也有過妻子撫屍痛哭竟喚回在黃泉路上的靈魂，三魂七魄往屍身一臥，闔家重聚，其樂洩洩。

奔喪回去，不見伊。

治喪盡哀，不見伊。

伊整天關在薄木板隔出的房間不出來。

聽！鼓吹驚天動地的演奏啦！戴孝披麻，草鞋換上，線香一支支分下去給眾子孫啦！時辰到了，要火化了，相片捧在車前了，引擎發動了，前頭發喊了。

伊仍不相送。

據說是遠古流傳下來的，妻子出席丈夫喪禮乃有再嫁之意。

哪有這樣子的例？男子們急跳腳。

有啦！有啦！阮不要啦。當嘉義女人自稱阮，阮裡有嬌嗔，有固執。

媽媽受著怒氣與怨氣的兩面夾攻，拔地一聲尖叫，「是我我用爬的也要看一眼！」

有啦！有啦！阮不要啦。

烈火焚化，灰燼中沒有舍利子。親族開始了各種無情無理的猜測。

不久前才沸騰的大廳冷卻下來。家人吃著解穢酒。素的，阿姨解釋，吃肉會像在吃阿公。

這都是哪裡來的、死不了的例呢？

伊紋眉，開始抹澎粉點胭脂塗唇膏，眉太黑，粉太白，胭脂太紅，唇膏太厚，初二回家看走了魂魄，活脫脫是小孩子初學用色的失敗練習作。阿姨說伊加入行善團，常常唱老人卡拉ＯＫ，活躍得很，每天騎那台小綿羊巡市區。頭太大，撿來的安全帽太小，不想花錢換，費勁頂著，像極了頂戴小帽的猶太商人。

伊老是說阿母請啦，阿母現在有錢啊，要請女兒女婿吃飯啦。當眾掏出鈔票，高高揚起，在空中甩，說拿去啦拿大張的去。

伊是棄守了還是占領了呢？

某一年，帶回唱歌認識的男人上桌吃團圓飯。
男人像阿公，瘦瘦的。
這次真的為陌生人和兒女吵了起來。
伊不解，說男人死了老婆，請來一起吃飯而已，阮沒做壞，怎麼不行？
妹妹低聲問我，阿嬤怎麼了？
我說，伊只是愛出門唱歌。
妹妹說，伊不是文盲嗎？
可以學啊，學了就會了。誰生下來不是文盲？
學會了人忽然就不同了。
像是學會習慣一隻乳房，習慣掛血袋。
割除後的傷口不圓整，猛一看以為是蓋著紅毯子，近看才明白是無皮傷口，流著帶血的組織液，一條引流管導向透明的血袋，伊隨身背著。
媽媽帶著簡單的行李，南下睡在醫院，說是大女兒來照顧就好。

情況好轉的時候，我們聚在阿姨家吃飯，叫外賣，因為擔心感染。

濃妝不再，日夜黛黑的紋眉依然醒目；昔日肥胖身軀如今消瘦落肉，如蠶的灰皮膚一圈圈低垂，又穿回過去習慣的粉紅色一件式棉質套頭連身墜地睡袍。不能唱歌了，也記不清十幾個孫兒名字，要叫人只好念經似地背誦全部人的名字，至少會說對一個。

伊眼皮耷拉，脖子伸長，問說：你在呷啥？

翠菓子。

最……狗……祖……

翠菓子啦！阿嬤妳粗粗看。

人人都哈哈笑開了，伊也大笑，說：「感謝天公伯讓我多活一年，吃到一世人沒吃過的翠狗子，也感謝大家來做我囝做我孫。」

最後那幾個月，癌細胞肆意轉移，伊反覆昏迷，直至心跳停止。

我想是嗎啡作用吧。

不對。如果是嗎啡，你阿公死前，不會無一處骨頭不痛，至死不瞑目。

老天垂憐。先收回她的意識，才收回她的生命。

兩老辭世，我們家還是年年回去。

老家附近陸續都更，房子愈拆愈多。過沒幾年，車子已經可以停在巷子口了。

會不會拆到我們家呢？我和妹妹這麼憂心。年輕人多為日後看起來的不得已和無所謂而深深煩惱著。

沒有通知媽媽和阿姨，舅媽賣掉老房子。

遺物都扔掉了，說是破破爛爛，沒有可用之途。

最後一眼的機會也失去了。

淘盡愛憎生死的黃泥灰濁的時間勁流之中，只剩幾星微亮的記憶。

年初三，兩位老人家一路送到巷子口。小男孩坐後座，轉過身猛揮手。

再見，再見，阿嬤再見，最愛妳了，嗯——ㄇㄨㄚˋ。

送出許多飛吻。

何必這樣三八。媽媽微笑著說。

我們一家搖著把手，緩緩把四扇玻璃窗關上。離開。

永遠離開。

而今每到過年，爸媽不時自嘲：我們兩個都是孤兒囉。

偶爾回去，也是午餐結束就北返。晚上看電視，遙控器從第一台轉到三百多台，再轉回來。

我記得，以前只有三台，想選台還得跑過去按。我記得，以前喜歡在電視和椅子間跑來跑去，以及最後的小電視門只能由我闔上的迷你特權。

記憶是神祕的善教者，逼我學會過去與現在的不同，又不讓我確認成長究竟值得不值得。

又過去許多弦月的夜，過去許多的可愛與可憎。

我和媽媽盯著四十二吋液晶螢幕中的古裝劇，裡面的老婦人管那男孩叫小祖宗。

以前你阿嬤都把「子」念成「祖」。

那是因為伊不太會說國語。

後來伊很認真學，誰叫你那些表弟妹都不會說閩南語，伊怕他們不理伊，忘掉伊。

伊怕很多事。

好比我夢見阿公和全家族幾十個人擠在客廳，他那天講話聲特別大，建議全部人開一輛露營車去山上野餐。說好似的，人人換上漂亮衣服，他的千鳥紋西裝外套尤其搶眼。熱熱鬧鬧的一行人抵達秋日的山麓，鋪下洋紅格子塑膠野餐墊。畫面是幾株高而直的白樺樹，金黃草地，楓葉飄，加框的粉蠟筆素描。

下一個畫面是家中，大家隨意聊天，吃著黏牙的新港飴、核桃糕，沒有人發現阿公沒跟著回來。

白晝醒轉，心是空的。怎麼辦，阿公掉在外面。

揉著眼睛，認真說給妳聽。妳忙問：他有開心吧，有開心吧？

整趟旅程都笑著呢。

妳立刻打電話給伊。

伊說，我現在就要去燒香，心安了啊。

媽媽說，我記得呀。伊一直在等，卻只有你夢見他。

其實……我沒告訴過妳，伊也入我夢。我夢見妳們一群姊妹吱吱喳喳圍繞坐在床上的伊，幫伊挑好看的衣服。我轉頭偷偷擦眼淚，因為在場只有我知道伊要死了。

我說，小時候我是他們帶大的，才把夢都託給我吧。

長長的沉默，媽媽的眼睛穿過了電視，抵達螢幕後方的無稽之處，那裡有著較現在更為清晰的往日時光。她說，其實，我陪伊手術、化療那一年……

緩慢地，語言變形，國語說成閩南語，閩南語乃大光明咒，照微塵世界，牆透明，門透明，家具擺設透明，思慮情感乾淨透明，北迴歸線穿過氣窗，母子身旁吹來南方的溫暖粉香。

阮有問。

阮問伊有啥愛做無做的麼？

伊輕輕啊講，有呷著有玩著歌嘛有唱著，有囝有孫。無啦。

有後悔的麼？

伊說無啦，這世人無後悔。

無就好。

無就好。

天空的池塘

把妳像風箏一樣放在天空飛，忽然失了線。所以妳終於張開眼睛，開心地，露出妳所說的客家專屬上牙齦，大笑。妳騎過的腳踏車車輪、我們一起騎過的田間小路都掛在妳的腳踝上從而變成美麗的穗帶，在風中，落花一樣的閃耀。

忘了告訴妳我忘了洗手。我以為在池塘旁挖泥沙壓飯糰捏湯圓，撿草枝鋪眠床，趁泥水猶濕，撒上乾燥的白沙，讓它們看起來像電視上堅硬的雕塑，放上媽媽裁縫機旁掉落的破布，說小娃娃，吃飯飯，不哭哭。隔天回去我們叫著跳著說飯糰呢？眠床呢？不見了。只有池塘渾然未變。小孩子不知氣餒，繼續把泥沙團成小貓小豬……都是很久很久以前了，其實，只是剛過去。妳看我手上，還留著乾痂似的灰色泥塊呢！

天陰多悲風。妳卻固執地張開手，迎著風，好像妳還是個剛學會放手騎單車的小女孩，短髮中分運動褲，騎去籃球場湊隊，騎去書法教室挨罵，騎去錄影帶店續約，別人叫妳小太妹，我替妳生氣，替妳不平，替妳還嘴，回家了還替妳煩惱。妳卻笑嘻嘻地，表演特技那樣地在鎮公所贈送的白瓷大碗公裡磊起糙米飯滷肉花椰菜爆雙脆，最後掛上的乾煎白帶魚搖搖欲跌，妳斜咬筷子，偏到客廳，自顧陷坐沙發看電視，任憑母親去招待客人。

晚餐後，妳母親喜歡和鄰居們一起散步到池塘邊的吹製玻璃工作坊，坊主鎮日無歇，晚上就隨興做些小東西。他額頭微微冒汗，指間用以融化玻璃的青藍色火焰有半個人頭高，虎虎的瓦斯聲讓我害怕，我躲在失業的爸爸身後探頭瞄，駭人的火焰之下，玻璃細軟透明如橡皮筋，光亮如軟糖，來回纏繞，桃子般的身、柔長的頸、拳頭大的玻璃天鵝便於灼痛中誕生。我說：「要飛走了！」

「唉，未啦。」爸爸說。

天鵝名字裡有天有鳥，但不會飛，真的假的天鵝都不會飛。

那麼，人呢？

這二十年竹南變化好大，小學時代走過的田埂早就淹沒在十字號誌下，小池塘的溫渥泥沙想必是眼前高樓混凝土。玻璃工坊倒閉，老屋重建，鄉里景觀變動，柏油大道是黑色的時間，掩護生死疲勞……不過妳放心，妳母親迄今說過最狠毒的話只不過是「我這輩子絕對不踏進那家缺德醫院」，僅止於此。她還是，也依舊會是個善女子。至於我，我是個懦弱的人，中年了，忘不了池塘，想起妳的勇氣，回來故鄉祭妳。妳在天上好嗎？在那個高高的天上，好嗎？

妳飛下來了啊！

妳對我說謝謝。

我，也對妳說，謝謝。

原載二〇一八年一月二十六日《人間福報》

紅珊瑚冬青

民國八十六年，我十八歲，自小鎮赴台北念大學，土包子一個，人家住台北的，不會連名帶姓稱呼人，記年則說九七，洋派得很，用現在的話來說，很潮。叫名字不連姓，我們鄉下地方只有夫妻和情人才這樣。想表示親密就叫綽號，阿標、黑狗、怪獸、琴仔，多年後相見，忍不住拿出來開對方玩笑。

是這麼懷抱著鄉下的習慣，開始了與白老的交誼。大一與導師初見面，教授親切地叫出我的名字，要我說說對大學生活的想像，並且以一種植物比喻自己。聽見名字赤裸裸地跳出來，腦海轟然，空白一片，中文系教授居然這麼失禮！霎時間哪裡有空理什麼花果樹木？只好說：我像草莓，這四年歡迎大家試吃。如此丟臉的回答，讓我更覺下人一層梯。我隔壁恰巧坐白老，課後閒聊，他說台北嘛小地方，叫名字親切。我問他你哪裡人，他說新店，祖籍浙江。

好像某種通道被強大的電流高速轉開，浙皖閩贛魯豫鄂，魚米之鄉，五口通商，民族救星，啪啦啪啦考前翻書似的一一閃現我周圍。

我想說，你你你你是我第一個認識的，外省人。

傳說中的「外省人」真的給我遇上了。歷史課本寫道一九四九年前後約有兩百萬人撤退來台，爸爸說他高中念美和中學，三民主義老師的四川鄉音很重；媽媽則說她也看過嘉義眷村的外省人，緊接偏題說林青霞是他們嘉義眷村出來的，嘉義出美女云云。她自己是道地新港人，人家林青霞可是山東人。總之，他們見過，我沒見過。

我卻說，哇，你浙江的啊。

一脫口就後悔，好像我也屬於那兩百萬分之一，攀親帶故，只好趕緊問他的口音怎麼沒有電視上捲舌。他側著頭，眼光從我左斜前掃過，說會那樣刻意的多半是畫虎不成的南方人，比如徐志摩文章裡好多地方刻意加上兒化音，都寫錯了。做人自然就好。

白老外型完全符合高中女生對中文系男生的想像：瘦高如長頸鹿，掛副圓眼鏡，青灰色皮膚，中分髮，唯眼珠略微失焦，看上去總像擺在不對的位置，這裡差一點那裡差一點，帶給談話對方不少惶惑。我想起劉大任說張愛玲看人，視線總落在對方頭頂上十公分。他靠推薦甄選進了中文系，特殊專長是朗讀和演講，也會寫一點書法，總之是那種升高一就注定念中文系的才子；另一個重大原因當然是數學從未及格。我願意和他往來，是因為他沒有台北文組男生的孤拗臭脾氣，願意帶外縣市的鄉巴佬同學逛逛南區，他的地盤。

台北晚間淫蕩的光與色觸動感官卻遲鈍知覺，我十足十路痴，隨著轉啊繞啊，一天的疲累加上人擠人的興奮緊張，漸生出不含氧的倦意。白老看大家腳步凝重，建議大家吃碗消夜然後散場。他把我們拘到酒釀湯圓攤前，說這攤他從小吃到大。我看了價錢，決心不會再來，索性點最貴的。芝麻酒釀湯圓加蛋，好奇怪的組合，我說我最常吃的是紅豆小湯圓，到了元宵節會去買冷凍的元宵來煮。白老冷笑，那不能叫元宵，只能說是包餡湯圓，元宵可是要用圓桌大小的竹篩，辛辛苦苦搖出來的。我不服氣地說只要是餡在裡面就好了管它怎麼變進去的，他搖頭說吃下去明明是兩種東西。拌嘴間老闆娘端出湯圓，往桌上一擱，我叫道這湯圓怎麼和我們新竹肉圓一樣大！湯匙一撈，湧起雪花般的酒釀和流雲似的蛋花，蒸氣馳穿鼻腔，嘗一口熱湯，還沒入喉便整個兒吐出來。

酸的，好像餿掉。

我連忙說燙，白老說再好吃也別這麼急。我們幾個外縣市來的都面有難色，看在新台幣的份上，還是吃個精光。

白老才走，大家就嘰哩呱啦說起酒釀有多噁心，我說我還加生蛋咧，真正臭酸兼臭腥！

想不到國語可以替換的時候，我只好講閩南語，那種熨貼的感覺就像躺上自己的枕頭般舒泰。某些詞非得要母語才生猛又生動。詩選教授也以閩南語吟唱詩歌，否則那樣爆裂的入聲字頓失精采效果。期末，詩選只考吟唱，白老居然要我教他，「用浙江的方言應該也可以吧？都算南方語系啊？」我問。「我從小講國語，根本不會！」他答。奇怪，難道外省人也有國語政策不成？想想也是，政策底下管你哪裡來的。詩歌吟唱的第一首是〈登鸛雀樓〉，小學程度，但是白老在這個「窮」字上真是日暮途窮，怎麼訓練也沒辦法順暢地從喉音推進成鼻音。還好他歌藝不錯，順利過關。

但是要說白老隨和，可就錯了。大一下學期，他的「歷代文選」只拿了七十分，這對中文系學生來說是剛好及格的意思。那天他一臉陰翳，揚言下課要去找教授算帳，報告交了，從不缺課，憑什麼打這個分數？我勸他打消念頭，教授年紀很大，兩個人雞同鴨講。他那雙對不準的眼睛哆嗦著，機軋作響，我就是要去！怕這個河南人嗎？我說好啊，你還可以說你和先總統蔣公同鄉呢。他不聽我這反諷式的規勸，反而說誰在乎那個姓蔣的，我只在乎分數！氣沖沖地揚蹄奔去。果然自討沒趣地踱步回來，我看他不但眼斜，還嘴歪。

我跟他要好，千方百計誘拐他進書法篆刻社，都沒成功，因為他從沒想過要精進，「書法會寫個歐陽詢，校內比賽能拿獎，已經夠了。至於篆刻，對我來說，這些都是很Chinese style的東西，難道還要我去學崑曲，畫山水，撫琴弈棋？演《品花寶鑑》啊？不如多學幾句英文！」

這是白老給我的另一次驚嚇。世紀末，颳起台灣文學颶風，高二、高三連續參加了三個營隊，主題全是台灣文學，全是從賴和講起。外省人——先聲明，我一向小心翼翼，避免在白老面前用這個尖銳的詞——應該會有文化危機，抵死捍衛中華傳統文化吧？此外，政治人物堂而皇之地操弄族群議題，你們難道沒有聲音？

「所以我們要組成外省人聯盟嗎？和那個河南人一起搖旗吶喊？」我們在BBS互丟嗆人的訊息，「一樣念中文系，能成就一樣的品格嗎？索隱派和考證派，讀出一樣的《紅樓夢》？談到人，每個人都先是一座孤島，再連成一片大陸。地緣不是決定性因素。」

不，我告訴你，島嶼的連結也不是隨機的，難道我們只是站在這裡，毫無共同擁有的東西嗎？我們的年代只有虛擬、雜碎和戲仿嗎？錯了，正因為我們活過彼此的時間，才能擁有同一枚銅質徽章，映著微光，陪伴我們在荒涼無情的世界指認對方。

他還是不同意。

真朋友的標準：會吵架。吵人類的共性與殊性還在其次，最嚴重的衝突發生在大三。他母親的生日在三月，二月底的開學日，他講了個笑話：「我爸在電視台上班，很忙很忙，天天像打仗，往年慶生都是我們小孩負責；今年突發神經，叮嚀我們買蛋糕，掏出鈔票說一萬塊會不會太少，」他大笑，「請問要順便鑲金鑲鑽嗎？」

這笑話不甚高明，證明他父親不食人間煙火罷了，我更好奇如何才能當上「電視台主管」。白老說：「浙江老鄉嘛，一個拉一個。」

台灣最燥熱的日子或許是二月，因為二月有一座活火山叫二二八。我忍不住開口：「這下子承認省籍之爭的骨子是權力之爭了吧。」

當年，先是白先勇筆下的「台北新公園」改名「二二八紀念公園」，隨後二二八成為國定假日，這三個數字搖身變為新神主，人人好戰，人人都以最激烈的情緒建構自己的二二八。侯孝賢首當其衝，電影《悲情城市》上演台籍男子車廂裡毆打外省人，自此紛擾不休。

「你打我我就打你，本省人不爽什麼？對理性這麼有信心？那時失控的本省人還踹外省孕婦的肚子！」

「你怎麼知道？你親眼看到的嗎？」

「查私菸的時候你在現場嗎？」白老粗著脖子，「我講的還是本省人自己寫的，找給你看。我爸記得那時候外省家庭怕得要死，躲在屋內，靠本省朋友送糧食救命。搞到現在，每年二二八我們的心情都很複雜，好像人是我們殺的。」

我狠狠地回嘴：「那時基隆港浮著滿滿的屍體，外省老先生親口告訴我的，怎麼樣？雖然我也討厭『本省人等於台灣人，台灣人等於南部人，南部人只說閩南語，閩南語才是台語』這套，但是毛澤東說過，『矯枉必過正』。」

「呦，共產黨都出來了，還說肅清匪諜是白色謊言呢。搞了半天，台灣真有共產黨，還是女人領導的。」

新世紀降臨，大學紛紛開設台灣文學史的課程，台灣共產黨、謝雪紅、鹿窟事件都不再是禁忌，同學們訝異台灣居然真的存在過共產黨，想起紅色中國發生過可怕的反右整風、大饑荒、文化大革命、天安門事件，對於「該不該同情台共」遂陷入了矛盾的情緒之中。但是，白老的尖酸激怒了我，「表達情感與想法不正是人類的天性嗎？踐踏生命與自由的暴行，生而為人，你能吞忍？」

白老卻淡漠地說，革命、叛逆、打造美麗新世界的引誘，一再魅惑年輕人去跳火湖，去燃燒，去忍受痛苦，去挖心破腦，以為是自願的犧牲，其實不過是浪費。殘忍的歷史殘忍地輪迴自身，如此而已。

我說我厭惡你這種悲觀的言論，彷彿在聲明二十一世紀結束之前，我們的下一代可能會遺忘曾經喧騰過的爭辯，可能會覺得暴政、戰爭、歷史都不必在乎，盡興活著就好，不要破壞既有的和平。可惜，無知最易受挑撥，和平的危險情人常是輕信。

他不同意。所以我們移師哲學與神學的沙場，繼續廝殺，直到他母親壽宴前日才休兵。

其他的，付諸未來。

誰知道三十年過去，堂堂美國總統會喝斥黑頭髮黃皮膚的都滾回中國，使得土生土長的華裔也遭池魚之殃。

還有還有，新世紀都過多久了，投票前炒作省籍議題居然頗能見效。

城頭變幻大王旗，網路其行若飛，回顧已失。大學的BBS關站前，同學奔相走告，把每一個字都載下。

從頭讀來，有若七寶的樓閣，清狂的遺言。

要到很久以後，我開始領薪水以後，社群媒體普及之後，我才知道他和我走了截然不同的路。他想精進，就會拋下工作遊戲人間；想偷閒，就會高舉他那張依然有效的教師證去偏鄉誤人子弟。

雲遊的他偶然想起我，我們就到新竹的山區走走，互問名姓，取笑作樂。這一帶復岫飛巒，以休閒莊園最富盛名，有我帶路，能躲開嘈雜的人煙，享用一整天的清幽。他說他爺爺剛來台灣的時候最受不了這裡的樹，張牙舞爪奇形怪狀的，活像被點穴的肉食動物，樣貌十分恐怖。我說是啊，所以共產黨都往山林逃嘛，解散之際把槍械都埋在土裡，等於埋葬自己。想不到他老早忘記我們曾有過關於國家命運的爭辯，用不對焦的眼珠瞅我，還說我所謂的文字紀錄恐怕都是杜撰的。

新竹的風實在太駭人，一年四季都是輕颱等級，生生不息的紅珊瑚冬青樹於狂風中搖晃，每片樹葉都拒絕鬆手，痛苦地扭轉，匯聚成萬頃波濤，刺眼的鴿血色果實，一串串，像晴綠色海水中起伏的斷指。

輯二　攪拌

台灣人，你為什麼愛生氣

先講個故事給你聽：王胡之有次去堂弟王恬家拜訪，幾句話說得不得體，王恬一臉的不開心，王胡之仗著輩分大，伸手抓住堂弟，說：「難道你還跟老兄我計較哇？」王恬一股怒氣衝腦門，把堂哥的手撥開，罵道：「冷得像鬼手，強來捉人臂！」《世說新語》這故事比「王藍田食雞子」還要深刻地烙在我的腦神經，說明人一旦生起氣來先亂罵再說，管你親戚五十朋友三十。再者，說話要小心，小至語氣也會惹他人大怒。最後，如果每個環節都注意到了對方卻還是生氣，不妨送冰櫃讓對方進去躺一躺。

生氣的時候最愛罵鬼。你說什麼鬼話，去你的大頭鬼，我那死鬼老公，隔壁鄰居是討厭鬼冒失鬼愛吃鬼短命鬼倒楣鬼，這罵鬼的歷史源遠流長，鬼字，從頭至腳打裡到外都好用，《世說》這篇是鬼手，尚有鬼頭鬼腦、一肚子鬼、心懷鬼胎……真是鬼話連篇。罵人的領域中，這算中品，因為還要動點腦；下品當然是和交配相關的髒話，空洞無比，和性愛結束之後一樣遲滯空虛。上品則引經據典，你罵我絕醜，我罵你「百行以德為首，君好色不好德，何謂皆備？」不念書還不懂自己被罵，也不知道是福是禍。現代生活中，像潘金蓮罵個沒完的人也大為減少，或許是現代人時間寶貴，步履緊急，罵人都簡短，沒空腳開八叉和你在那裡大鬧山門。十幾年前我第一次去紐約，遊觀紐約第五大道風光，貪看浮華世界才有的名牌商鋪，晃悠晃悠，後面一個八十歲的老太太氣得拐杖連連敲地，罵我：「新來的嗎！」罵完頭也不回，抬起小腳就走。我不怪她，還要謝謝她，紐約客遇到這種白目遊客通常一把推開。這也是我仍住台北時每天搭捷運想做的事，頭前的走路太慢礙到我腳步配速，我暗罵鄉巴佬逛大街；便利商店店員喊歡迎光臨的時候眼睛看拖把，我暗罵他失禮，不專業；排隊結帳，前面的人翻遍背包找不到零錢，怎麼，偷來的是吧？同行友人有選擇困難症，我午休時間很短，你為什麼不約阿忠麵線？我愛生氣，卻又不敢罵出來，不敢伸手推人，自覺羞慚，又帶驕傲，因為我的舉動非常台灣人。

後來發現，全世界就屬台灣人最愛生氣——法國人總在抱怨，義大利人戲劇化，美國人愛發神經，日本人把忍耐當美德。罵人是生氣的下意識反射，如果對方不只是大都會上匆匆一瞥而過的路人，隨著生氣罵人而來的報復行動則是創意大考驗。小學生用紅筆寫對方姓名九十九次，國中生上網公布仇人尺寸，高中生在靠北版寫動物寓言故事，全靠想像。隨年紀增長，創意下降，賭場小弟夜行至賭客家門口潑漆潑糞潑硫酸，和五十年前沒兩樣；某甲擋某乙升官發財，某乙找人捅某甲一刀，這件事三千年前的刺客列傳不就有？我聽過最有創意的復仇是老婆每天紅燒肉高粱酒伺候老公，十年過去，老公血糖血脂三酸甘油脂激增，最後死在與情婦的床戰中；情婦大受驚嚇，神經崩潰，情夫跑掉好幾個。

此婦能忍善忍使人大開眼界，不過台灣人到了要採取行動這一地步，必然是名譽受損，非不得已。台灣人之愛面子，連撒哈拉沙漠的駱駝都知道，以吃飯為例，飯固然天天吃，客人卻非天天請，父親那輩人請客吃飯，入席前必然推讓一番，以示謙遜，兩三個老大人你推我我搡你，晚輩們瞠目鵠立，看他們搬演禮儀，像看戲，他們傾力發揮這場三五分鐘的對手戲，人人都看見了，自己過足戲癮，掙足面子，才由夫人們出面斷喝：「好了啦！最禿坐主位！」一句話損了坐主位的威風，才讓那人喜孜孜地盡享威風，「物或損之而益」說的大概就是這個意思。開幕之後當然是連台大戲，擺生魚片的盤子設計得像水晶宮，海鮮羹上桌時像裝在王船裡，緊接著連上八道菜，吃完了再上八道，後八道只略動動又端上水果甜點，整桌滿得塞不進一支牙籤。老大人喜歡吃筵席上的盛麗，吃別人眼神中的嘆息，所謂上菜，上桌就是剩菜。因此出菜太慢，生氣；菜不合意，生氣；被別人搶了付帳，生氣——老兄，你不給面子！

愛面子的氣，不得不生，不隨意罵幾句好像自己不要臉，但總不到分筋錯骨的地步，換句話說，面子和尊嚴是兩回事。母親常常提醒我要給人留面子，但沒說過要給人留尊嚴，尊嚴是自己爭取的，面子是人家給的。有的人在家裡吃一點小虧也能大恚，想必是親近的緣故。愈是這樣，走在社會上愈被當畜牲欺負，因為從來沒受過留面子和爭尊嚴的教育。更有甚者，愛面子，心高氣傲，不容得罵，擺架子，擺闊充門面，入手的車是為了明天換掉，愛銀子，犧牲家人去捧高門的卵蛋。高門豪第，高高在上，哪裡這麼容易給你捧？捧卵蛋失敗了，自然要生氣，氣了回家裡罵人打小孩，同時丟了面子失了裡子，雙重的癟三。

虛榮愛面子，當然是人之常情。講話的時候誰不樂意聆聽？鞠躬的時候誰不樂意掌聲？但是年輕時被虛榮迷惑，長大了總要清醒，為自己立尊嚴，進而受敬重。榮，乃實榮，非虛榮；貴，是自愛自重，不受輕慢，直道而行，在家人心中有欣慰，在陌生人眼裡有分量，都需要過勿憚改的工夫。工夫是日日夜夜修來的，是內化到心裡的，意識與潛意識的，這種修為不見得要搭配生氣，但就像舉重配合喊叫，野原點綴小花，假如台灣人不生氣，理智缺乏鍛鍊的後遺症不會這麼清楚可辨。後遺症大概可以分成三種：

第一種代代相承，悲觀。中國長久以來的歷史衰退論至今毫不衰退，永遠就是世道沉淪、人心不古，老人看見年輕人嘿連連搖頭說一代不如一代，年輕人怪老人占盡便宜，害他們的未來變成過年的爛攤子。黃昏的老人曾是早晨的年輕人，所以台灣人人都有氣，氣了就罵出來：「以前我徒步三個小時去念書，現在你們走個天橋就嫌累，真正破少年！」「現在我騎機車兼差外送才能繳房租，以前你們街角賣檳榔就能討老婆，社會不公平！」然而你沒有任意門回到過去以驗證真實性，戰後那段清貧的日子你也不想再經歷，做不到的事，更讓人在私底下生悶氣，就像放在桌上的巧克力被飛來的蒼蠅舔一口，你總不能提告吧？利益受損，除了生氣，通知青蛙首領之外也沒有其他報復的方法。何況遇上隨機殺人，酒駕狂飆，死者家屬生氣過後通常是哭，哭乾眼淚之後就是感嘆，但人死不能復生，賠償與生命不能等值交易。就像張愛玲寫筆下許多木已成舟的故事，看著木舟回想森林，順流而下，順而下流。在這種惘惘然中，疲倦的台灣人總愛唱人生難得幾回醉，往事只能回味。

第二種加速產出，急躁。隨著日漸壓縮的時間感，「快」已不夠形容快的即時感，急躁早就不是都市人的專利。高速公路上，看見前面轎車搖下窗子，忽然扔出粉紅小皮球，生氣，快公布紀錄器影片，標題就下「傻眼！這樣開車也可以？」火車車廂裡，有交通警察遇刺，趕緊拍下來，生氣，記得不能出手，也不出嘴喝斥——會大大影響影片品質，記者不用，你的名字就上不了電視。要是影片快結束了主角沒忘記置入行銷，那以上幾分鐘可能全是剪接來的，你更生氣。

除了影像，透過通訊軟體，文字成了散布誤解的病媒蚊。通訊軟體上人人濫造訊息，台灣人的專長是聊政治聊美食，除此之外幸福得一無所知，是故偽造一點政治假訊息，就能獲得裝不完的讚和反饋，從前成名最快的方式是上斷頭台，現在最快的方式是把別人放上斷頭台。例如一份因政商關係良好而逃亡海外的名人貴婦通緝名單，添幾筆政黨色彩，調幾道特權烈酒，瞬間盪人耳目醉人心神，群組瘋傳，見錢眼開的台灣人同仇敵愾，就覺得那巨額贓款該有自己一份。台灣人的政治過敏症大類如此，不抓則已，一抓則停不下手，因政治而慘遭滅群的例子太多了，其興亡史大約起因於你我手機裡各式的文盲，看錯字郢書燕說，說錯話不以為意，政治過敏症一旦發作，加上幾個好事的暗地下毒手，當事人罵戰，閒雜人遭殃，邊緣人吞聲，風波過後群組只剩得意忘言的例行早安圖——噢，你還會懷疑是不是機器人發的，因為裡面的成員都像死了。

第三種，多疑。台灣人永遠都在生氣，以至於沒人分得清楚是真氣還假氣，沒完沒了地生氣，好比氾濫著台灣圖形的商品外包裝，賭博手遊「台灣加油」的廣告台詞，毫無創意到了虛偽的地步，令人大大懷疑其中的真情真意占多少比例。說台灣人假裝生氣是太過武斷，俗話說「生氣傷肝，恐懼傷腎」，我們一年吞食一千多億新台幣的健康保健食品，以此推斷，台灣人是真的大動肝火，損傷過度，否則現代食物不虞匱乏，為什麼還要吃這麼多營養補給品？但回頭一想似乎又不是，導遊界的名言「上車睡覺，下車尿尿，進店買藥」已有幾十年歷史，打著驚人療效的保健食品大行其道，或許也是傳統沒病強身的集體潛意識作祟。西方漢學家想不通為什麼亞洲男人鍾情壯陽的飲食生活與勃發的思想觀念，於虎鞭酒、海馬鞭燉牛鞭、陰吊功、房中術深信不疑？其實西方人真正不懂的是長期性別刻板的社會，男性同時身為加害者與受害者的變態扭曲心理，外顯為對陽剛生猛念念不忘，大發雷霆剛好證明自己很man很硬。那麼台灣人生氣是真的囉？好像也說不通，雄性的政治動物昨天還在痛罵競選對手，今天攜手共作階下囚；明天要持麥克風痛斥的政見，昨晚才在私人會所簽名連署。說得近一點，同事剛剛對著話筒飆完業務員，一回頭就笑容滿面，「看他下次還敢不敢！」

是我太多疑，還是台灣人的氣真的太多了？我不相信什麼島國性格那一套，那是先射箭再畫靶，畫一張迷你靶。我相信如果生氣有價值，其價值在行動。對社會國家不滿，應該寫文章投書報刊；在職場上路見不平，應該直接找當事者溝通；親朋們因狎生辱，應該當面嚴肅指正。行動講究方法，方法來自智慧，智慧來自知識的累積與轉化。台灣社會總不能一直智能不足，以生氣發怒為樂，久而久之，將來把這座島形容成精神病院，就不是譬喻，而是白描了。

王恬和王藍田的故事都收錄在《世說新語》的〈忿狷〉門。在次序上，記錄憤恨與急躁人物的〈忿狷〉排在第三十一，倒數第五，只比奸狠惡毒的〈讒險〉高一點。這裡頭也只有八則故事，或許要勸誡世人還是少生氣為妙，多讀書，眼界越高，心境越亮，視事越全。台灣人生氣時不只大聲地說，還會拚老命罵出來，然而罵的人多，解決的人少，莫非台灣人膽子小？你是不是覺得我太悲觀？或許我應該往好處想：這個社會越不愛講理越愛生氣，你我選總統就容易多了。

原載二〇二〇年十二月七日《中國時報》人間副刊

無畏新竹

想像你背對省中，右手邊曾經有棟科學館，燒毀後改建為眼前這座演藝廳。省中，省立新竹中學的簡稱，年輕人聽不懂，只知道這裡叫新竹高中。可是三十年前我們真的這樣稱呼。

正面這一條低下去的路叫東山街，李歐梵院士說他從前翹課看電影，牽出腳踏車，順東山街疾馳，斜坡兩旁參天瘦勁的木麻黃加速退後，新竹風灌進衣襟，心情自由撲閃，一眨眼就能抵達國民大戲院，看他最愛的好萊塢電影。可是，親愛的異鄉人，我要帶著你認識新竹，所以不能這麼快，只能慢慢走。街左的台電公司，曾經因為施工，工程車車臂纏住電線，拉倒電線桿，當場砸破放學後省中學生的腦袋，腦漿外溢。右邊是九十五歲的新竹公園、八十五歲的動物園，市政府在它們臉上種下草皮釘下木板，反覆拉皮整形，以迎接台灣設計展。十數年來此地如野原荒林，一池死水妖妖的，妊娠蚊蚋，吐露著藻腥氣。我學弟小個頭雪白皮膚，在這裡投水，浮在岸邊，婦人早晨來清潔，以為是玩偶，伸長了鐵耙子去勾。崑劇小生溫宇航曾在湖畔的日式建築，以環境劇場的形式演出夜場〈遊園驚夢〉，湖岸燈光、水面浮光反覆熠耀，夢裡的驚疑念想，在死亡的嚶嚶哀情中搖曳。

其實你可以搭配 Google 地圖（萬一你對新竹地理位置沒有概念），因為再來我要轉一條小路，前往後火車站。新竹市古稱竹塹城，你聽：東門街西門街南門街北門街，各是四條線，各有一座城門，框線之中大約即是原初規模。城外沒人管，城裡人厭惡的物事通通往城外扔。想當年省中後山為蓋自由車場，挖出層層疊疊的白骨；更別提山上是連續的亂葬崗，連綿迤邐至清華大學人社院後邊。新竹人說的新竹市，就是東起清華大學，西至空軍醫院，以光復路東大路為主幹，南北拓展，範疇不出四公里的帶狀區域，其他土地，都算野外，包括科學園區。從清華大學信步至空軍醫院，不必一小時，這就是新竹市的尺寸。小，所以沒想過發展地鐵，公車司機最老大，橫衝直撞，隨意對騎士和行人吼罵髒話，也算一道精采的有聲風景。

扯遠了，這條往後火車站的小路我要特別介紹：高三壓力大，我某天請假回家，走了幾步，忽然痛哭，是哭出聲音那樣的痛哭；迎面走來一名外國女郎，金髮，牛仔褲，驚惶地看著這名全身卡其制服的高中男生，放慢腳步，欲言又止錯身而過——於她於我想必都是夢一般的。

挨著後站的停車場，三十年前是一面舊網球場，地上鬆的漆龜裂開來，閃電似的分岔射向場外通勤的學生。灰髮老太太繫短裙、禿頭老先生綁髮帶，每天早上交叉其步伐追逐著雨雲色的軟式網球。高中男生對老人軟網沒興趣，自顧自討論起關於網球的英文單字，文組學生都知道，一定要把英文學好，才能念台大政大師大，鄉下人的前途全在那兒，台北啊台北，兩枚金字，口中念而又念，如食橄欖。

穿過愈來愈多遊民的陰暗地下道就是前站了喲。你可以看到正前方歇業的 Sogo 百貨，它在世紀末開幕，開幕那天新竹人異常激動，早早出門，拿號碼牌排隊只求見世面，因為它是一九四九年後新竹盼來的第一家百貨公司。我大學畢業後每到新竹，一定會來站前 Sogo 借洗手間，為了防堵我這種不消費的小人，洗手間越移越高，最後居然要到七樓才有男廁可以上！說起來新竹的商業逐漸被這些大型購物中心、百貨公司壟斷，讓大馬路擠成中央徒步區的巨城、大遠百雙雙在週年慶創下數十億營業額。大刷卡時代如果找不到停車位可以停到明志書院停車場，對市民來說「明志書院」只是個普通名詞，來停車的人不會記得這裡曾經是開台進士鄭用錫主持過、同時也是北台灣的教育重鎮。更沒人記得新竹曾經帶動風尚，台北的影歌紅星都要來新竹「金菊美髮廊」做頭髮，在地耆老說歌仔戲天王楊麗花也曾是座上賓呢！不知誰能幫我問問她？

前站到城隍廟這一帶，乃城中之城，時間在這裡吞噬自己。地上畫的標線是明天要塗掉的。誠品死去投生成星巴克。廢棄電影院塞進投幣式電動遊樂場。東門市場藉文青二度還魂。補習街口號從「明天會更好」喊到「素養我來教」。迎曦門旁的圓環改叫自己新竹之心。圓環邊的服裝店 NET 我一定要帶你看一眼，只因國中老師在班上興奮地喊說：「你們看我穿的是從台北開下來的名牌店 NET！」這句話的時代性令我銘記在心三十年。

如果你把迎曦門想像成巴黎凱旋門，放射狀大道，那香榭麗舍大道就是中正路吧，夾道俱是店家自不消說，別忘記左側那棟影像博物館，就是過去的國民大戲院。下一個街區左側是警察局，正對市政府，這樣的政治規劃特別容易鼓動飆車族，飆車族鍾愛持安全帽猛擊路旁行人後腦，拖著長刀鐵鍊在子夜的柏油路擦出火星。我的學生就曾被飆車兄弟握刀相逼，他背抵市政府牆角，緊抱書包，退無可退，兄弟抬起手腕連刀，刀身輕拍同學的臉，未等驚慌的他做出反應即大笑而去，意態萬分豪邁。可惜這只是突發狀況，要運氣過人才遇得上。一般而言中正路方圓六百公尺內可以任意拜訪，異國料理、老屋新力、工業風、哈日哈韓……小店們保有往昔居家手做的氣氛，呆拙，不完美。中午開門，七點打烊，讓習慣台北大學生活的我十分訝異，至今仍深感麻煩：晚上不營業，賺什麼？近來慢慢理解，在地老新竹的本質依舊農村，早早吃飽早早窩家，八點還不到，人比路燈少，鬼來消費？

你問，其他來工作的外地人呢？答曰：他們早早吃完飯早早回公司開會加班，盼望能在十一點前離開，多少延長肝功能。

極少數極少數的人會試著前往演藝廳，一來公車班次少，二來活動少，沒有大型贊助很難吸引觀眾。鋼琴家瓦薩里（Tamas Vasary）來此獻藝，一千多個座位，只有三十幾名觀眾，分散各角落。他邀請大家都坐到一樓前排，開演前分享一個小故事：某次李斯特的鋼琴獨奏會只來了三個人，他幽默地說，喔，你們都是我的鐵粉。

尷尬的我不禁懷念起在紐約、倫敦旅遊的日子，每晚都有幾十場藝文活動，任君選擇。我想，新竹有台積電、應用材料這幾根支撐藝文的大柱子還不夠，若沒有眾多小型展演的一磚一瓦、一筐土一桶漆，仍然成就不了擋風遮雨的廣廈以溫暖呵護瘦弱的文化之苗。返回新竹工作已十數年，我常騎機車造訪演藝廳，遇到好表演卻觀眾稀少，直覺這是文化災難，比任何災難都慘。

如果你不西進空軍醫院，在此回頭，回轉到補習街上，搭乘急煞急衝的1路公車，與生猛的司機一起沿光復路前往清大，行車時又可以再眺望巨城、Sogo、新竹公園，以及當年豪擲十五億從上海世界博覽會拆解回來組裝，如今是破銅爛鐵的天燈館。接下來是帝國經貿大樓、馬——等等，我要介紹這一棟大樓的地下室，一家有機食品雜貨店。

請回想一下我們的出發點，省中，橫躺省中前的是學府路，短短二公里，設立建華國中、培英國中、華興幼稚園、新竹高中、交大博愛校區、新竹高商、東園國小共七所學校，接上光復路右彎再走一百五十步就到這棟帝國經貿大樓。剛剛描述的這一帶是台灣著名學區，可以領會早上七點與傍晚四點的大塞其車、家長違停、機車回堵、長按喇叭、窄巷迴車、公車輾開行人腳踝等諸多拍案驚奇。當孩子還是學生，新竹在地媽媽們就會過分注重養生，我朋友把剛洗好的杯子再用溫開水涮一遍才裝咖啡，理由是「吃到生水怎麼辦？」挑館子的前提是清淡，選便當先看盒上載明的卡路里，新聞一報導 PM2.5 就買空氣清淨機，群組上說頭前溪重汙染就買濾水器，營養師講烹調要少油煙就買氣炸鍋，有機雜貨店順勢搶點插旗，生意興隆。但我記得三十年前這裡是間吃到飽。年輕人，百毒不侵，以過癮為生活宗旨；年紀到了，吸一口汽車廢氣都要擔心罹患肺癌，馬上想到鳳飛飛黃霑午馬柯俊雄，好像小小硬硬的癌細胞就他媽的扭著身子分裂成數百隻帶軟毛的蟲兒占滿腔室搔弄氣管，就這麼劇烈地咳嗽起來，手腳慌忙地網路掛號並翻找健保卡天啊快一點天啊……有機商店很為忠實顧客著想，斜對面就是馬偕醫院。

如果想認識清華大學，你可以試試清大夜市裡的食物，雖然我沒有什麼好推薦。大學校園裡散散步吹吹風，聽聽社團練習，看看大草皮上沐浴陽光的松果，也可以喚起就學時膚淺的想法，不明的愛戀。髮型可疑的理工科男走過，嘴裡只說電腦能懂的程式語言。我自忖，這輩子當不成工程師了，人活越久，能走的路越窄，行過中年，只求把能做的事做到最好，最好的事能努力做到，新竹科學園區就是我走不進去的地方。暗自想想，不進去嘿也無妨，園區裡頭有劇毒眼鏡蛇閒憩，胖嘟嘟，還不只一條。

倘若你的體力許可，不妨爬一段上坡，到埋葬校長的梅園賞花，再沿清華人社院後山的墳頭和墓地，行回靠省中後門的自由車場。這片山名為十八尖山，老新竹天天在山裡健行運動，他們最受不了花季，吵吵鬧鬧的觀光客占據新竹公園嫌不夠，居然還轉戰十八尖山！然而新竹人很好客，嘴巴上抱怨，花季期間還是開放學府路上的國高中校園方便週末假日蒞臨的遊客停車。肥沃的土壤催動百花，奼紫嫣紅，腐敗的草葉餵飽蟲鳴，轟然盈耳；加上不絕的遊人推擠揉搡，你的身心靈都熱鬧到了頂點。熱鬧點好，省中這一邊的山麓舊稱雞蛋面，傳說是古代刀斧手砍人頭的地方。

原載二〇二一年六月二十五日《聯合報》副刊

防空論字

在那個相信人類一切向上的十九世紀，倒是出了本奇書《紅與黑》，科拉索夫親王對朱利安說：「您需記住您這個時代最大的原則：故意做出和別人對您的期望相反的方向。」言外之意是路易十六斷頭後何妨幻想自己是拜倫筆下的唐璜，我行我素，器識風標，命定的悲劇英雄，在轟轟烈烈的廝殺中獲得傷口。但是現代人要去哪裡打長鎗高馬的盔甲戰士？只能自虐地生產傷口。集體自虐虐人的風尚大概等同於「反高潮」，現代人最高興不停地掃彼此的興，懂此心理遊戲的高手「您」，讓人先喜後氣終於恐懼，對「您」捉摸不著，心虛的現代人能不把「您」放進心裡嗎？

故意做出和別人期望相反的方向，「您」於焉成名。

不是成功，是成名。

斯湯達爾（Stendhal）預料愈來愈開放的時代將放乾成功、偉大、神聖等名詞的血液，愈來愈墮落的思想將分割他們的屍體，現場行刑的劊子手就是不成功不偉大不神聖的當下通感。這樣很好，各自營生，認清這個脫衣露肉神嫖鬼鬧的時代現實，說不定竟有人因此得以真正偉大起來。比方說藝術家，固然可以靠連續與六十八名陌生男子交媾的行動藝術成名，或者靠剝面皮割乳頭驚駭觀眾，然肉體容易挑動也容易疲乏，倘若做得這麼絕都無人搭理，豈不是要直播菜刀抹脖子？或開槍轟腦袋？粉絲團，按讚數，觸及率，數字至上的年代，想當個藝術家縱然不上網花六十元新台幣買IG照片千個愛，也不意味恪遵家法，而是換個美稱，叫「寓傳統於創新」。

我想一定有人記得台灣書壇曾經流行過彩色書法，此門派以為傳統書畫墨分五色過於單調，情調偏向古老東方，現代書法應該結合油亮花彩的西洋繪畫，藉以展現自我的心志與情緒；在字體上尤以草書為主，解構成點劃線條，零度字義，高度造型，以抽象強調整體。唯一啟人疑竇的是……握刮刀和握毛筆的差別在哪？新興門派的發展軌跡通常是師尊出奇，徒兒更想出藍，把顏料改成天然果菜汁，造成不同層次的視覺效果；或把書法當科學實驗，在青蔥汁倒入黑墨水期盼調出雲破天青色，這個理論的腦中風在當年轟動武林。

自知難以成功的心態稍加扭曲，便成抄襲。上世紀八〇年代，此岸慢慢看見對岸的紅火三式：癲狂、潑灑、蠻橫。這三式要用話語形容難，用寓言故事卻易：文革之後，迎來高漲的尋根之聲，吼得每位文化人都騷動起來，最能代表文化精神的首推書法，提倡書法，最快的方法首推辦比賽，頒獎，給獎金，獎金還得高額，額高名聲才鬧得響。如此一來，寫書法成了全民運動，只是不知道多少人是為了文化傳承，多少人是為了搶當文化紅人。

消息傳來某鄉某莊，鄉人挖長坑，放入宣紙，攤平，再蓋回砂土。同時將詩句交給不識字的孩童，讓他們在白紙上依照樣式，隨意塗鴉。三日後，出土的宣紙吸收水氣與泥色，陽光下視之恍若舊物，鄉人憑几轉擬小兒們的字跡，走筆兼具豪逸與童趣，字形在似與不似之間，行氣與留白夭矯在知與不知，評審過程中驚動四座，甚至有「道進乎技」這樣道家最高境界的審美批評，果然奪下金獎。此作一出，驚動中國各派教頭掌門：這墨跡癲狂、潑灑、蠻橫，望之不若名滿天下的啟功、林散之，究竟是何路高手？各大門派按不住蝨子般彈跳的好奇，四處打聽。

答案揭曉，是一對兄弟，連握筆都有問題的兄弟。

哥哥一時興起慫恿弟弟，成果居然騙過整座書壇。

話說回頭，書壇爭議什麼呢？那對兄弟抄襲天真，能叫作假嗎？惱羞成怒的書法評審們嚷嚷著要取消獎項，不讓騙子當魁首，其實只是不願被內行笑掉大牙，外行笑乾眼淚，從而敗壞自己「墨寶」的市場行情吧？然故事尚有後事待續。台灣的書法家不明緣由，也不知道中國為了這一張仿古宣紙鬧了個天破地碎，只知道不遠千里而來，得獎之作，順手摹寫，回去投件競賽，照樣訛詐獎金。後來兩岸慢慢往來，真相在地下流傳，只是不說破——說破了，能不被滅口嗎？

此事說來並非道德教訓，而是一樁現代藝術在美學絕境的寓言。美受到挑戰，被胡亂地塞進絞肉機，香消玉殞。所謂藝術家或是靠自殘搏版面，或是把超市的香蕉胡蘿蔔用膠布貼在牆上高價賣出，無非依賴挑動道德界線以假造藝術招牌招徠顧客，開了店門進去全然不是這麼一回事，店裡賣的往往是跟風的贗品。台灣書壇先是顏、柳，歐、褚更迭，現在則是智永《千字文》大行其道，十年過去，鋒頭仍健。倘斷小指為三截，《千字文》每字大小約為一截，書道字小求舒逸，字大求纏實，因此千字文鋒芒閃閃，游絲洽轉，中鋒側鋒變化曲折，目不暇給；輕盈的地方幾近滑開紙面，渾重之處像唐代裸體的豐腴女人，喝醉了一下子往你這邊頹下來。歷代書家譏評「為得右軍肉」、「氣調下於歐虞」，可是透氣、舒服。台灣書壇幾十年來，略貪軟媚，習者滔滔，技術如不熟爛難以在比武論劍時出一頭地。我的學生不怕老土之譏，執意寫歐，到了全國賽與各路好漢過招，果然敗北，當年優勝作品一字排開，全是智永，精緻美麗地彷彿彼此複製。

正正經經寫書法這麼沒人看，那就換個字體——《天發神讖碑》，夠張揚吧？趙孟頫《落花詩帖》，夠妖嬈吧？鳥獸篆，夠裝飾性吧？連這都沒人看一眼，那就抬上彩色書法，再不行，巨幅3D列印立體彩色鳥獸篆夠讓觀眾瞠目結舌吧？眨眼間以為到了南美雨林求生。

「成名必過火。」王爾德（Oscar Wilde）真會說俏皮話。

世道如此。我則時時夢迴不求成名的學書年歲——學書必始於楷、行，一路寫回篆隸，這般追溯不啻承祧九世。書法像文學，鮮少有各體兼備的人才，年輕的時候更是把式不全。但是我的老師和福樓拜（Gustave Flaubert）不一樣，福樓拜要求徒弟莫泊桑（Guy de Maupassant）學藝未精時不可隨便出手，出手便要驚鬼神；吾師則要求我多出去和別人比試，反正不出人命，還可以刺激鬥志，十足十的經驗學派。對我來說，與其說出場競技，不如說上台看戲。第一看排場，第二看演技，何謂排場？選手自帶的宣紙是也；何謂演技？選手運筆的神態是也。紙是灑金爛紅或秋香松花中堂、福壽瓦當條幅、蠟生金花羅紋扇面……箇箇是不同顏色的門，準備不足就別敲，起手無回的濃墨接觸了宣紙是一點沒得反悔的。場上最常見的情形是：練家子先在一般熟宣上試筆，覺得順手了，先把筆硯挪開，恭恭敬敬地請出那輕盈的重寶，立於桌前，紙鎮輕拂，其姿態有如鋼琴家確認座位高低、人琴位置。緊接著，蘸飽墨的秀筆軒起，左手比劃方位，筆尖猛然俯衝，臨到紙面卻悻悻然使個怪蟒翻身，斜去數吋。

他擺一擺腦袋，吸一口氣，再來，筆鋒顫巍巍地盪在半空，繼之腕指一動，白鶴亮翅，流星追月似的要下筆，眼看要逞威風，忽地又拔身而起，離桌角數步。來來去去，這第一筆始終難以成形。

你不要恥笑他們胸中未有成竹，因為重寶只有兩張，寫壞了一張，看著另一張備用的，心理壓力更大。書法和繪畫不同，素描草稿尚可橡皮修正，松煙墨痕可沒有雌黃信手。因此必須準，全幅中堂只有毫尖一點，全紙作廢的情形多的是！第一次藏鋒就決定了作品成敗，況且寫書法求意在筆先，書家往往又想出乎自己意料，下筆更難。

且莫說是否為王羲之醉寫〈蘭亭集序〉一揮而就神品難再得的神話荼毒，作品終究會完成，上擂台與高手比拚，戰勝了裂土封王，戰敗了屍首也會郵寄回來，冠冕黼黻地埋葬在衣櫃深處，成為恆久供人欣賞的美麗死亡。書壇流傳一則掌故：某書生於科舉路上過關斬將，到了最後金鑾殿試，內製宣送上書生面前，請應制答題。鄉下人從沒看過這麼漂亮的紙，心驚膽怕，忍不住手抖，因此落了一等。

這叫「物鬥」。西洋人沒了上帝，以物為神，拜物勝於拜神；然而，物如同神，想盡辦法要在方方面面羞辱人，拽人踩在腳下，以張揚神蹟。人，忻慕物美，卻也要懂得輕賤，否則落居下風，自己就真的敗賤了。物，性好鬥人，人起身相鬥，這是一部現代可嘆的《伊里亞德》。端看各大筆墨齋，筆山水滴，臂擱文鎮，各種珍稀；白牛角印，黃鼠狼毫，多少名堂。包裝則為祥雲彩布、番蓮紋錦盒、金銀鈕扣，最後輕巧無垢地放入套印商家字號的提袋。但人物相鬥後，能凝神養氣，提筆學書的又有幾人？

蘇子由論文，手裡掂量著自己和哥哥，言道：「子瞻之文奇，吾文但穩耳」。奇，人不一定容得下；穩，卻最容易親近人。國小的一個炎夏，初初提筆寫字，字出奇地醜，醜到連自己都無法容忍，撕爛了毛邊紙，連筆一起扔在陽台，跑下樓開冰箱吃仙草。吃了一碗，悶氣消散，想了想，咚咚咚地撞上樓把筆撿進來，收拾狼狽，攤開九宮格，繼續描紅。寫了幾個月，老師對我說，你知道什麼是天分高嗎？天分高就是，在你還似懂非懂寫出來的東西，人家就覺得好，沒辦法解釋的。像你，就是天分低。

天分低，夠把字寫漂亮了。訣竅在於把墨磨黑，墨黑，字就亮。墨汁加點水，將鐵齋翁方形長墨使勁慢磨，千萬別用什麼盤龍柱，那種觀賞用墨條不發墨，顏色慘淡，如屍居，一幅字寫完，如鬼市，還刮花硯台，邊涴硯邊心痛。學得這點，寫起書法來可就得意洋洋，左踢右捺無不閃閃發光，我天天陪著文房四寶，一張張的臨帖陪著我，彼此親近，看了就開心。這表面的，這快樂的，這幼稚的滿足幫助我度過第一年的折磨。學會寫字不夠，還要學會用印章，懂字又懂印，才叫內行。三十幾年前，我還真的看過中學生持荔枝、田黃刻的姓名章，掀開瑣窗格子錦盒，捧出粉撲大小的彩瓷缸，我一看唉唉啊是西泠印社的印泥（分不清是光明還是美麗還是更高檔的），他掀開蓋子，印面均勻輕捺，於落款處當胸直下，朱文滾燙，在紙上燒出紅疤。一幅中堂大字處處講究，剜人眼球，以為他要交件，居然又從口袋摸出一枚寸長的梨形印，原來是引首閒章。你完了，他還沒完呢！

物鬥，從小開始，只是那個時候不懂。你以為我是受了這些竹石翰墨的吸引才學書法的？還是看了氣象萬千的作品心嚮往之？或者是父母親送我上才藝班方便比賽得獎上台拍照？不不不，都不是，但原因我也說不清想不透，不過是小一寫字課上換了軟軟的毛筆寫字，覺得那張紙很壞，把字變好醜。沒有生命可以忍受醜陋，尤其這醜陋是親手造出來的。塗鴉門牆令人開心，但終歸要靜物素描；嬰孩伊呀固然可愛，長大仍難逃語文焚煉。墨中有火，一旦走入了藝術的雷霆，同時也就有了兩種騰騰的人生：一種是渾然唯愛的童年，一種是覺識析辨的成年，當我們探究兩種人生的三原色，必定都是墨韻，留白，與朱文。

書法是最困難的藝術，以至於只是寫字這麼簡單。藝術和把戲的靈肉關係大約如此：沒有把戲，觀眾看了會膩；只是把戲，觀眾看一次就膩。如果真是藝術，一橫一豎站在那兒便令人觀之不盡，賞之翫之而不足，最好的藝術就是最好的把戲，因為背後下足了工夫。此一防止空洞的道理可以連綿地討論下去，比方書法是不是該趕流行，宣紙該不該做舊。

在我們的時代，故意做出和別人對您的期望相反的事情似乎顯得太刻意。如你問我，我答如下：天然灑落，耽詩耽書，書成則邀三五賞心好友，指點嘆息，直至夜深時分，各自數著路燈，懷著酒意，打道回府繼續練功去也。

原載二〇二〇年六月二日《中國時報》人間副刊
本文收錄於二〇二一年三月出版《九歌一〇九年散文選》

寫在失去之前

老家蜷居台灣南部的南部，過了高速公路終點再一個多小時的車程還離停在海口邊咕咾石牆小屋大喊一句「我回家啦」早得很。住在這裡的時候，每當村口福安宮請歌劇團酬神，六十歲的祖母就要口嚼檳榔，足踩木屐，頭髮刮得鬆鬆的，褲袋塞條手帕，兩隻不及腳踝的褲管飄飄蕩蕩，緊牽我一路搖向廟口，途經某平房，忽然嚇人地朝某扇半開的窗大聲放嘯：「緊咧喔，咻——」

我們那因隅促而從沒電視化的地方口音，聽了倍感親切。我們不說喂，說咻；不說是，說曉啊，這些沒有定義的詞語定義了原鄉精神，孩子的我胡亂勾點光影，竟一筆一筆把我皴擦成不同的自己。

福安宮前免費的白戲——也不能說完全免費，戲裡的假乞丐出來乞食，祖母居然給了真鈔——倒是開闢了海口村防風林白砂崙之外的新天地：古代風光，劇場芬芳，槍旗陳張，想像的檣帆抖開波浪，透過戲劇扮演，人可以擁有另一個人的生命。吾鄉作為布景，戲常在心頭搬演，慈寧宮變成福安宮，嗻變成曉啊，鐵鏡公主變成我祖母，老旦踩蹻轉頭亮相，高腔導板，血盆大口唱的是：「緊咧喔，咻——」偶爾這樣從夢中嚇醒後淺笑，猜測夢的起源是每週末眼睛死咬的「國劇大展」，電視上的國劇如何進入潛意識則無法說明，映像管電視機像個厚重的腦袋，拉開它的頭皮，就可以看見層出不窮的神仙妖精漁樵尼僧在裡面又哭又笑，我拉著媽媽的褲子說我要進去裡面看他們，她說裡面沒有，他們在別的地方演，我又哭又尖叫耍賴，她耐心地解釋說，這在內台，內台在很遠的地方，你長大了才到得了。

我大了，媽媽胖了，電視裡明明確確的真人實況被理解為斷斷續續的電波組合，移居北部小鎮，仍然看不到所謂的內台戲，內台啊內台，距離我這鄉下孩子真的好遠，這是長大都克服不了的距離吧？

然而世界總是伸手，總是應允，總是等待。長達幾年的狐疑在一張傳單的投遞下死去，上頭寫著里民社區活動中心將演出折子戲，歡迎鄉親參與，當然，還是免費。五點半吃完飯我就腳癢，要趕去占位置，這場演出的唯一一張海報貼在門邊，我痴痴看著臉塗紅眉畫綠的演員，因為他們都在對我眨眼睛。媽媽對著工作人員嘰哩呱啦，原來演出前半小時才入場，那個大姊姊拚命向媽媽說明規定，媽媽則覺得放我們母子站在外面餵蚊子是腦袋有病，我才開口說算了站一下吹吹風嘛，她忽然對場內一個穿工作背心的阿姨「咻」一聲，「阿月！我啦！」阿月姨瞇著眼，忽放精光，開口就回「來喔！來坐！」媽媽拽著我的手臂把大姊姊甩在後頭，長鯨碧海翻身，轟轟烈烈闖入。她和阿月姨歡樂地擴大社區活動中心的交誼功能，直到廣播響起。我坐在第一排正中央，幻想活動中心幾十排的鐵椅子被觀眾坐滿，我正對演員，得意洋洋。

暗場時刻，前五排尚有空位，後方更是大鬧空城，我才忽然想到「國劇大展」好像都沒有觀眾的鏡頭。心緒未定，舞台燈打亮，鑼鼓吹打，活動中心變身古代書院，一桌二椅，小女孩碎步登場，開口一唱，傍著笛聲昂揚，歌句婉轉，低頭一看，我也穿上了大袖直裰，心底喜孜孜地。小女孩講話好比火雞啼，耍著腰前長長大大的抹布，引出姊姊、老公公出場。老公公教她們念書，小女孩朝老公公咿咿呀呀，老公公發火抄了藤條要打她，她的手一下高一下低，把老公公氣出心臟病，乾脆罷教，出去看醫生降血壓。姊妹倆樂得拍手去逛花園，劇情沒頭沒腦的，和下一組打架的兩個睜眼瞎子也不像親戚朋友。再下一場是老虎，最後是一群猴子，全是人扮的。從書房到動物園，心裡一團迷糊，那第一次的興奮之情還燙，就被這錫作的蓋子蒙了。但是因為免費，多麼沒道理的事都可以被原諒，更因當時惘然，反而牢記心中。

長大了才學到這叫做折子戲，是精華，觀眾最愛看；是餌，上鉤的魚一吃，不知索命。

從此看戲這隻彎鉤一直戳在我喉嚨裡，一陣子不看戲就要渾身發癢。特別是大戲，或難得的藝壇奇葩登台，天上下刀子都爬去看。記得一九九六年《慾望城國》在國家戲劇院重演，九十年代，國家戲劇院的名聲在鄉下人耳裡響亮如雷，不曉得要比社區活動中心富麗幾倍，大概像電視劇裡乾隆住的宮殿吧？當然，不是免費，要買票。還記得我匆匆出門，坐火車北上，換乘計程車直奔中正紀念堂，一見戲劇院那黃澄澄的屋宇，遠處亮晶晶的靛藍屋瓦，就忍不住嘴角微笑，輕蹬階梯，一步一步高起來，簡直上了天。門口的驗票員筆挺，體面專業，引領我在滿眼的紅絲絨軟椅間找到座位號碼，腳下冷氣吹送，人多，吵雜，起身，讓路，紅紙大書今日銘謝滿座。開演前璀璨亂眼的水晶吊燈三暗三明，廣播響起，「這是傳統戲曲，精采處可請鼓掌叫好。」這兩句話我完全不懂，「可請」這兩個字也彆扭得緊，腦子還在轉動，鑼鼓已敲響，我激動地挺直了腰，中指把眼鏡架高，嘴唇緊抿，吳興國才亮相，台下就大吼大叫，我以為要打人，心臟猛撞嗓子眼，緊抓扶手；當魏海敏出來也這樣鬧，我才安心鬆了背脊，原來他們只是興奮。這劇情緊湊，好看，謝幕時驚天動地，但是戲外的一字一句，我都不明白，包括那喝采，我總是搞不懂哪裡該叫好，哪裡該閉嘴。

國文老師神祕兮兮地說京劇啊有老戲有新編，《慾望城國》改編莎士比亞《馬克白》，算新編戲；上課學過的《琵琶記》、《趙氏孤兒》則是老戲。不管老戲新編，琴拉得好，腔唱得高，都可以叫好，低俗一點說，那是「忍不住的高壓釋放」。關於「可請」兩個字嘛，「或許是抓不準該說可還是說請的立場，只好尷尬地說可請吧?」當時搞不清新編戲爭議的我依舊深陷五里霧,避免醉中捉月,索性打住。然而流年暗中偷換,誰唱罷誰登台豈有定數?兩岸交流,誰謂河廣,一葦渡之,疏淺的年代,某團難得來台演出《搜孤救孤》,一票難求,當晚中山堂門口還有人問我肯不肯讓票。上了座,環顧四周,我笑著和友人說我們降低了這場的平均年齡至八十歲,可好了。果然不錯,唱到「白虎大堂奉了命」,老伯伯們捨命跟唱,四下彷彿傳來千百個研缽裡千百支木杵,劈哩啪啦地同時推磨,並間雜砸破大瓦缸似的、裂石似的、一句一個好,台下比台上還要熱鬧!至於程嬰的腔到底成不成,我在這裡切莫胡言,攀扯好人。

「白虎大堂奉了命」、「海島冰輪初轉騰」、「聽他言嚇得我心驚膽戰」等唱段,愛聽戲的人都會哼上幾句,暱稱搖籃曲,不聽不唱睡不著。有人更進一步,自認喜歡聽戲應該去票戲,不敢指望做大師言菊朋,也應效法名票溥侗、張伯駒,以表寸心。這是吃飽撐著的白日夢話。愛敬山水,不見得要跳進水塘裸泳才算盡心;疼惜虎豹,也不必身處其間扮演白羊。唱之前是長吟,長吟之前是念,念之前是吐字,字正而腔圓，京白裡的尖音團音簡直是兩把無柄鋼刀，功底淺還拿不住，真正進了張口唱的險關，還有湖廣音這員猛將要斬。無怪乎女武生裴豔玲批評：「什麼著名票友！怎麼不念兩句口白來？」金寄水也寫過一件往事，票友彭老先生與蒙古阿親王攜手演出，飾孔明的彭老先生端坐城頭，羽扇輕搖，票司馬懿的阿親王唱完四句流水，該輪孔明，他卻遲遲不開口，白白急壞了台下觀眾，觀眾徒見羽扇於城樓愈搖愈快；琴師只得再拉兩個過門，過門完還是不唱「我本是臥龍崗散淡的人」。阿親王急中生智，忙抬手說道：「彭老丞相請下城來！」老先生滿臉漲紅，全身熱汗，步下城垛，只見司馬懿與孔明手挽手，踱著方步進城門——捧腹大笑的觀眾沒忘記這齣唱的是《空城計》。

進得城裡，需知處處埋伏，一個大意就要喫了別人暗算。但我有個建議，真有那躲不掉的一天，被拱上了台，有一個角色倒可以演，萬無一失。宮女？龍套？你沒看過走錯位對撞的嗎？沒看過忘了端上椅子害老夫人摔跤觀眾大喝倒采嗎？松樹？太湖石？你不知道這些東西存之想像就好嗎？行行行我別賣關子，我衷心推薦的是

《長生殿．迎像哭像》裡端坐不動，聽唐明皇哀訴衷腸的楊貴妃塑像，除非鼻子發癢，否則保證不出錯。

然而生命不可能不動，雲移，葉落，星現，蟲蛻，苟日新，日日新，人必須左顧右盼前瞻後仰地做抉擇。長大才知道，人生最神祕不可知的是命運，活動中心那些空著的鐵椅是戲曲命運的二胡。數個劇團黯然整併，電視台播送的戲曲屈指可數，有志之士都在轉型求生，失敗的實驗仍然有概念的光；念茲在茲的時代，珍貴的翠羽仍在閃耀，管他舊作新繹？如霧淡去的老伯伯們，他們心中會有潮打空城寂寞回的嘆息嗎？人潮漲了又退，聚光燈下，皂靴箭衣的演員仍舊苦盼著觀眾熱熱鬧鬧叫一聲好嗎？

說不定我可能永遠發不準湖廣音，說起話來夾雜咻、曉啊，然而歌劇《茶花女》中朗朗上口的〈飲酒歌〉，豈會拒絕與孩子共享音符？世事多有階級阻擋，唯藝術平蕪開闊。戲曲裡索討眼淚的故事，震盪血脈的弦索，綑束神經的歌聲，是我自得其樂的青山綠水花花世界。聽說以後的中學教材打算不選戲曲，驚疑之際，想起兩句學生時期讀過的《琵琶記．糟糠自厭》：「這糠只好將去餵豬狗，如何把來自吃！」後人眼皮底下看戲恐作如是觀。當然，真有那時，是連這兩句也不會講的。

可惜，這樣可敬的寶，這樣可怕的遺忘——然而也是束手無策的事。再說，那是他們的損失，又不是我的。

原載二〇二一年三月二十一日《自由時報》副刊

回眸

公元前二九八年，他乘駕八龍瑤車，車上兩排雲旗，婉婉逶迤，馳過了崑崙山，越過了不周山，高飛到了天宮與人世的交界，只要再往前，再往那光明燦爛的前方一步，他就可以拋開痛苦的凡俗，惱人的憂鬱，抵達至樂的天庭。

在這關鍵時刻，他回頭看了一眼。山河大地，舊鄉故土，透著回憶的幽光，悲傷成為了眼睛，八龍蜷曲匍匐，不肯挪動。他留下來，在人界繼續命運的災難和不幸，為自己寫下沉江的結局。

我總是感覺，回眸，是人生最美的瞬間。想想人生就是條單行道，洶洶的生活猛獸在身後一路追殺，我們喪屍般地往前跑，還不知道轉角要遇見什麼窟窿。有些念舊之人想像自己是克利畫中面朝過去、讓歷史之狂風把自己吹向未來的「新天使」，可惜那黏膩的無奈，風再強都吹不開。只有極少數的人，在命運開恩的神祕時分，回眸，看見，或被看見，他們被傾倒而盡的生命忽然波光瀲灩，豐盈的感覺讓他們以為擁有比古波斯王還多的珍藏。楊玉環回眸一笑，成為李隆基眼底唯一的繽紛；李娃對鄭生深情回眸，他手腳發軟，心魂都給勾在那一顰一笑之中，為此，自己方為活物。一旦玉環懸梁，李娃失蹤，他們只能是現實裡的瞎子和僵屍。

「驀然回首，那人卻在燈火闌珊處」，我們都希望能與知音相遇，明星閃爍、輝煌燈火，驕傲漂亮幸運兒。但我要說，回頭也不見得都是好事，《聖經》裡羅德之妻因好奇而回頭，變成一根鹽柱；希臘神話，奧菲斯進冥府解救妻子尤麗狄斯，冥王告訴他沒回到人間前絕對不能回頭，奧菲斯沿途忍耐，一回到人間，欣喜若狂，馬上回頭，妻子卻還在未見光明的陰暗甬道，這一眼讓她登時復墮冥府，夫妻永訣；清華大學也有類似的故事：夜晚在成功湖畔聽見人喊你的名字，絕對不能回頭，否則明晚換你在湖水裡呼喊。

講到這裡，彷彿我要用死亡去恐嚇你，不，不是的，我是在恐嚇死亡，因為人類能掌握讓死亡害怕的東西。小男孩但丁愛上了貝阿特麗切，直到她二十四歲亡故，這份愛戀都沒有消失。晚年，他還記得，那個曾確切存在，如今已成幻影，卻又無比真實的貝阿特麗切，遂將她寫進長詩《神曲》。在《神曲》裡，貝阿特麗切化身永恆的天使，與衰老的但丁重逢，她驚人的第一句話是：「你怎麼迷路了這麼久？」相逢猶恐是夢中，但丁迷迷糊糊的，在她的帶領下遊賞天堂。最後，她必須昇天離去，回到那「永恆的泉源」，但丁難過又不捨，虔誠地讚美著貝阿特麗切，並希望自己一生的作為將不會讓她失望，不會對不起她贈與自己的善與美，她是但丁心中品德與真誠、青春與愛情的化身，然而現在她卻要第二次離開他……她緩緩升空，如此遙遠，即將消失在彩雲之上，忽然之間，她回首看了但丁一眼，彷彿有嫣然一笑，隨即轉頭、消失。卡爾維諾說，這是文學史上最美的瞬間。

文學史上還有一幕，明亮而抖擻，也值得再囉嗦兩句。公元一九五七年，又窮又餓的馬奎斯旅居巴黎，專職寫作。偶然遇見走在聖米榭大道上的海明威，又樂又怯的他居然從馬路的一頭高喊：「大師！」海明威先舉起手才轉過身來，以一種稚氣的聲音大叫：「朋友，再見！」

藝術的鼓舞原來是這樣子的。

《離騷》之後兩千兩百八十八年，電影《阿飛正傳》上映。從小被遺棄的旭仔，曲折地找到生母在菲律賓的住所，不求一句解釋，只為看她一眼。佣人撒謊，說她不住這裡。走出宅邸的旭仔憤怒、心碎，迎向眼前的是慘綠的樹林，他猜，不，他確定，狠心的母親絕對在，就站在二樓窗口，想看一眼他的臉。然而旭仔不回頭，連一眼都不給，讓彼此後悔，兩敗俱傷，假裝自己不痛。

屈原遇到旭仔，會懂他。

因為後悔能喚醒不悔，如同不悔能引燃後悔，所以回不回頭都無所謂。

原載二〇一九年九月二日《中國時報》人間副刊

無相刀

我不信鬼，但怕看鬼片，卻愛鬼故事。傳說蘇東坡也喜歡聽，還營造情境呢：黃昏日暮，氣溫逐漸降低，陰風陣陣，拉朋友躲在野地的豆棚瓜架底下求他講鬼故事，聽到怕人之處嚇得哇哇大叫，一溜煙逃回被窩裡發抖。抖完了，明天繼續。

除了《聊齋誌異》，鬼故事好像都是不登大雅之堂的閒書，什麼《子不語》、《閱微草堂筆記》都是我誤打誤撞，在書店邊緣翻到的。中國鬼又比西洋鬼有智慧，利用你的弱點教訓你，富警世意味；西方吃人肉的老巫婆總藏在深山林裡，彷彿和我不相干，倒可以賴帳。何況人生最悲慘的並不是死。初學寫故事的人動不動就讓主角死，其實人間比死還可悲的事多得很，真正可怕的是人間事，世間人，與其落在殘忍的綁匪手裡，何妨攜手鬼怪逍遙物外。

這樣說來最可怕的西洋小說非王爾德《格雷的畫像》（*The Picture of Dorian Gray*）莫屬：花花公子格雷英挺俊美，為了保持美貌而與魔鬼交易靈魂，連續犯下不忠、殺人等罪，每次使壞，他的肖像畫就多一條皺紋，隨著格雷的墮落，畫像越形醜陋。痛苦的他，每每看畫都彷彿攬鏡自照，最終在瘋狂中拿刀刺穿畫像，被刺死的卻是自己，當下格雷化為畫中的醜惡老翁，老翁回復成青春無瑕的格雷。這故事可怕之處在於人犯了罪，居然惡意地推給藝術承擔，自己粉碎崩潰了，還想摧毀藝術，假裝什麼事都沒發生過。怎知罪惡如果缺少悔改缺少犧牲，才不會憑空消失。

能還給藝術的，只有藝術，所以王爾德說：「為藝術而藝術。」

藝術真是奇妙，像不著相的如來，時時點化，卻又無律可依，無跡可尋，落入言詮的峽谷就飄散消失。從前不懂，只覺畫面眩人便心嚮往之，不知道藝術其實是翻騰在精神與技巧雙槓上的華麗演出。為了技巧，我國中畢業給自己的禮物就是參加救國團書畫研習營。現場報到時才發現自己在所有團員中年紀最小（因為某晚大家想出門看電影，我未成年，他們無奈地放棄《愛慾修道院》，選擇迪士尼動畫《風中奇緣》），對書畫唯有皮毛之知，這幾天的課程真開了眼界。例如蔡行濤老師依靠記誦，執筆自運〈岳陽樓記〉，自「慶曆四年春」直默到「吾誰與歸」，一字不漏，點捺撇踢，向背欹側，每個字都是獨舞；流風迴雪，前呼後應，全篇又是目不暇給的千歌百舞。營隊邀請師資大多如此，臨場小試身手卻像魔術，教人參不透背後奧妙，只能讚之歎之。

營隊第三天下午，營長帶著全體學員、幹部列隊，廊簷下等著。不久，小轎車緩緩駛來，車門一開，一位大姊攙扶老先生下車，緩緩走向教室，我們還鼓掌呢！老先生很親切，常笑，執筆為我們示範山水人物的鬚髮訣竅，幾種松石皴法，還順帶提到張大千怎麼畫潑墨。才講著，紙上淡墨點破，雲嵐陡升，原來是三友遊高山，山被塗成淡淡的紅色，層巒疊嶂，高不可測。老先生款落「乙亥夏六月寫黃山一角孫雲生於青年活動中心」，筆一擱，掏口袋，左邊，右邊，這個，那個，幾秒鐘的時間，環立四周的學員們似乎期待著什麼，連呼吸裡都有打賭的氣味；老生先俏皮地撈出小錦囊，故作緊張地說：「唉呀找到了！」大哥哥大姊姊們好像都鬆了一口氣，開心地輕呼一聲，看著他抖出印章，捺下鈐印，孫雲生。

你問我說怎麼連落了什麼款都記得清清楚楚？幾十年過去記憶力這麼好莫非是虛構瞎掰的？我告訴你，五天的營隊不只給我們書畫的概念與技法，講師們的示範作品最後都變成送學員抽獎的禮物了。

大師的畫，是我抽走。

或許就是因為我對國畫一竅不通才有這種好運，李商隱有詩：「上帝鈞天會眾靈，昔人因夢到青冥。伶倫吹裂孤生竹，卻為知音不得聽。」我這門外漢看到什麼都覺得好，這種傻子得人疼；造詣高深的伶倫分析東來評論西，說不中聽的話惹人煩厭，難怪得不到上帝的邀請函。一旦走上藝術之路，便是自願放棄傻子的幸福和好運，藝術真殘酷。

學國畫的第一步是照老師給的畫片臨摹，我用書法的根基畫梅蘭竹菊，有模有樣，即便隨手在課本用鉛筆塗鴉，那些全身汗臭的男同學也會讚美。得意沒幾週，老師在課堂上擺出琉璃瓶，插上校園折來的柚子花，桌沿布置一只佛手。同學們束手發呆，這是靜物寫生啊，毛筆怎能素描？只好等著老師畫，我們再模仿老師。學生模仿老師，老師模仿大師，大師不模仿，他把自己變成大自然，盡展本來面目。老師說：「知道張大千吧？他不但臨摹敦煌壁畫，到了歐洲，看見山水還寫生呢！」他到故宮看張大千特展，走過一幅紅梅圖，旁邊的老太太睃了睃，驕傲地對攙她的女兒說：「這個紅啊，這是我們四川才有的，紅蠟梅！我一眼就看出來。」

寫實的最高境界是無一不實，一實亦無，藝術難以言說，生命中往往也有舒伯特無言以對的時候，語言成效有限，不如向沉默學習。山水畫得意忘言，期盼觀者將意念指向畫外更大的、有形無形的天地，而不是執著於我——人過了河還把船背在身上嗎？是以畫中人如粟米。

中國繪畫是逆旅，大家都要來，但大家都得走，人人在心中帶著畫，從畫面離開，這幅畫才宣告完成；洋人不懂老莊這套言不盡意的哲學，西洋繪畫，畫面就是終點，要把千千萬萬人拘過來盯著看。在巴黎羅浮宮，全部觀眾簇擁著蒙娜麗莎，交頭接耳：世上傳說不管在哪個角度她都盯著你轉哪！達文西著名的多重透視畫法以這張畫作代表哪！何止於此，還有煙靄朦朧的顏色造成的景深效果哪！這些傳聞在專展蒙娜麗莎的大廳依舊迴響嘈雜。可是，為什麼沒人提醒我，這幅畫比壁報紙還小？為什麼沒人警告我，整座大廳雖然只供她一人展演，卻有無數遊客（與裝成遊客的扒手）蟻集，加上防彈玻璃，鐵欄杆，把兩下遠遠隔開。除了蚊子，我想不到這樣洶湧的現場誰能自東徂西，悠閒地享受被她注視的快感。

大家看蒙娜麗莎，其實和到現場捧歌星是一樣的意思，蒙娜麗莎就是偶像，就是名牌。想通這一點，就不會迷失在展品的煙海中。許多朋友初至羅浮宮，興奮不已，每件展品都不放過，下場就是壯志未半，抱著背包疲累癱倒玻璃金字塔旁，為了欣賞藝術不惜做遊民，值得頒予騎士勳章。果真樣樣瀏覽完畢，倉庫裡收藏保存的展品還有幾十萬件呢，要怎麼看？我在維也納藝術史博物館（Kunsthistorisches Museum）購票租借導聆系統，館員二話不說給了我簡易版，我問這位高瘦微禿的大叔說這和詳細版的差異在哪裡？他給了我意味深長的微笑，說詳細版的總時數是三十個小時，館內更多展品是只有文字說明的。

他們一整天的開館時間是八小時。

週一還休館。

要吸引觀眾進場，除了明星，還要有奇景，就像演唱會還要有絢麗的聲光服飾。羅浮宮本身就是浪漫宮殿，大英博物館親近市民，紐約大都會美術館可是把人面獅身像和尼羅河都搬進冷氣房了！在冷氣房欣賞金字塔，當下居然有不看梵谷〈星空下咖啡館〉也無所謂的狂想。博物館展品多如恆河沙，喜歡親近什麼，以自己與作品互有通感為準，自己就會有所得。最可憐的是沒有主見，好比上巴黎的餐廳，長黑衫白圍裙侍者遞來《辭海》厚的菜單，正暗自叫苦，又遞來《新約》厚的一本酒單。如果不知道自己要的是明蝦、牛排、羔羊、燉鍋，如何搭配紅酒、白酒、氣泡酒、蘋果酒？難道要從第一個字開始 Google 翻譯？哪個侍者有時間陪你和稀泥？喜歡什麼，心底知道，不然擲筊問天嗎？

藝術不必服侍人，只要你愛它，就夠了。所謂「藝術如此龐大，甚至可占領一人。」住鄉下的外婆一生只去了一次故宮，跟著遊覽團繞了一圈，回來跟母親抱怨：

「帶我們去看破銅爛鐵！還好那些翡翠珠寶很美很美，和戲台穿戴的一樣。」她說的破銅爛鐵是毛公鼎、散氏盤。中學生進故宮的評語：「翠玉白菜好新鮮像剛割的，肉形石有夠像滷肉，好想咬一口。」聽他們說話，藝術愛好者或許會發笑或發怒；幸虧藝術無限寬容，從不吝嗇擁抱。我天生孤僻，雖然很努力改進，仍有很大進步空間。大眾愛的我偏不去，進故宮，必看館藏極品宋代書畫，因其藝術成就非凡，故參觀人數特別少。看不厭的是〈寒食帖〉，雖然也買複製品、書帖在家翻讀，但是都沒有看真跡過癮。懂事以來躬逢三次展出，微蹲在玻璃櫃前，抵禦展覽室的超低溫，對抗昏黃不明的燈光，感受筆墨氣韻的呼應與流動，「自我來黃州」至「破竈燒濕葦」蓄積的憤懣與慘痛，在「葦」那殘破蒼勁的最後一筆毫無保留地奔騰而出，摜出紙面，宋朝來的沉鬱迎面把我撞成了重傷。

蘇東坡因為寫了幾句詩，被拿到藝術的門牆外審判，一貶再貶，可是詩沒有辦法為詩人辯護，詩也沒有辦法為任何人勝訟，因為藝術不是寫狀打官司。流亡軍不敢罵皇帝，怪楊貴妃胡旋舞跳太好；國家滅亡了，怪書畫勾引宋徽宗；自己沒進展，花一個月炸光動不了的巴米揚大佛。詩歌樂舞書畫雕刻這些藝術何其無辜，被指責敗壞人心禍國殃民，應該披戴荊棘從人類所在之處放逐，和平才會降臨。

我實實在在地告訴你，真正的祕密是，楊貴妃從七世紀活到二十一世紀，比任何一名軍人都要長壽；佛龕空蕩蕩的，但是大佛裝在每個人的心中；你默記東坡唱大江東去、浪淘盡，千古風流人物，還不一定聽進表姑媽的嘮叨。摧毀藝術的真正心理並非傲慢，而是懼怕，懼怕藝術法力無邊，懼怕它一路陪伴人類歷史，體貼入微，是隻精神健康、可愛的、拒絕逃亡的鬼，比人間的政權和暴力更永恆。

我聽過許多人說，在鴨蛋青的清晨，只要比平常早起，就會看見藝術坐在床沿，微笑與人面對面，它只是坐著，懷抱渺茫的希望，期盼人們將它審美地釋放。敏銳的人這時就會驚覺，無邊世界竟然是自畫像，靜靜等待刺向心臟的那把刀。

原載二〇二一年十二月八日《中國時報》人間副刊

眾神的憂愁

人活過了孩童的歲數難免想到死。蔣勳說他小時候幻想的死亡是滿盛鮮花的棺，棺旁站著拉奏小提琴的。他自陳此乃不知世事的浪漫，我倒覺得此乃送想像力的葬：聽完這故事的朋友一致通過弦上必是泰綺思（Thaïs）的那一首冥想曲（Méditation）。

站在講台上解說〈霍小玉傳〉，補充《安娜．卡列尼娜》，我向底下的學生說把人一路送上死亡的特快車名喚愛情，差別只是班次不一樣，輝煌的內裝總是絢麗到引人耳鳴，還沒發車前，還能在幻想中更換塗裝。下課十分鐘，小ㄅ滑著同學的臉書，一頁一頁的臉掀過去，食指停在一瓣唇旁，她，棕髮輕薄及肩，圓鼻略挺，濕濕亮亮一對狗眼瞠著鏡頭。小ㄅ目不轉睛地批評幾句，圍在身旁的幾個男生荒雞似亂笑，其中一個用力搶走手機，飆罵髒話。

男生群聚時雖然無恥，那也僅限於公開場合，稍微私人的感情都神聖得不得了，自顧自地緊緊抱在懷裡，跺著腳背脊朝外，一旦被搔弄就露出要拚命的傻勁，令人好笑，真可愛。

隔不了兩個月，我才站上講台，全班八十幾道目光套繩似的往我頭上下來，午後四點，熱烘烘的，窗戶還反射著窒人斜陽，全班卻靜悄悄，該是堆積衛生紙鋁箔包便當盒的座位，依舊堆積著衛生紙鋁箔包便當盒，不過多了一位校外的女生，圓圓的鼻頭和眼睛，垂首，活像隻喪家的流浪狗。

我說同學妳是誰？她不說。妳有什麼事嗎？她不說。妳要不要先去教務處？她不說。還是妳要找哪一位同學？她不說。她不說就是不說。然而我感到那八十幾根套繩抖甩起來，在持續的無聲中上上下下劇烈跳動，她扭著肩，忽然正眼看向我，那表情……我懂了。我問小ㄅ帶她進學校為哪樁？他麻著嘴說就來等我放學，沒什麼大不了的吧？我放大音量痛罵我現在火很大你現在就帶她去找主任不然我現在就把那天你講的統統說出來！

多年前的事了。但我想所謂的「心口不一」或「為愛瘋狂」這些老調想必還四處彈奏，小ㄅ和她在高三上學期確認交往，流連不到大學校園的蟬聲絕唱就分手。看不下去的同學們紛紛透過網路和我報告，字字都是興奮的尖叫——老師你知道嗎他們根本是高溫下的小熊軟糖，遇到一起像癱瘓，不是手黏手就是嘴黏嘴，便利店裡看免費報紙的老先生罵幾句，他們就故意互拍屁股！都還沒確定交往呢。同班同學每個躲得遠遠的，太丟臉。丟誰的臉呢我問，他們說丟同學的臉丟學校的臉丟爸媽的臉。我飛快地回，不要這樣想，他們不顧禮教，對周遭環境沒有綜合分析與判斷的能力，對世界缺乏認識，獨享雙人情慾，這樣很好呀，像我們讀過的《牡丹亭》，結尾一定會是喜劇。

可是我忽略杜麗娘柳夢梅畢竟是四百多年前的幻想人物，竟以為現代台灣還有什麼突破禮教追求個人自由的戲碼，（在我的想像中）學生拍著手笑說，什麼喜劇結尾，從確認交往到分手才幾個禮拜。放榜後落在同一所中部大學，幻想著要同居，光是找房子分房租就吵個沒完，「開學後看到台灣各地噴發賀爾蒙的粉郎嬌娃馬上就讓村夫農婦下堂！」寫這句話的是申請國立大學中文系的出櫃男同志，考完第二階段筆試那天，他跟我抱怨題目出現了英國浪漫派詩論、〈離騷〉與中國士大夫傳統、小品文在古文運動的位置、傳統戲曲於近現代小說的運用還有一堆他搞不清楚的術語解釋，他樣樣通樣樣鬆，每一題只能答個大概，居然低飛過關。此生譏誚起別人的愛情尖酸之至，但是愈尖酸愈說明他多麼羨慕至少擁有過一段愚呆之愛的青春少年。「高中時不敢承諾，大學時不畏承諾，長大了遇到的爛人多了，難免事事往壞處想，天大的承諾來到面前都要減價。」戀愛又分開，分開又戀愛，生死輪迴，「所謂的確定交往，真的是青少年的專屬遊戲；至於生者可以死，死者可以生的愛情故事大概都是毒害人的。」已是公務員的他，臉色淡然。

我說，同學，想想當年的小ㄅ吧，愛情並非只靠甜蜜的嗅覺，計算愛情的砝碼卻同樣無益。愛情如瘋狂的天使，高飛時繾眷，俯衝時燒殺。還記得失去了愛情，失去了人間的歡樂的泰綺思嗎？她最後上了天國不是嗎？劇作家自以為天國是最珍貴的奠儀，大方贈與筆下的悲劇女主角，反倒搞得天上擁擠不堪。你念了這麼多故事，不要忘記研究作家的創作態度，有些作家早早看透人生的徒勞，知道沒有出口，只好把不圓滿都推給眾神解決。

眾神好想讓不負責任的作家下地獄。

但眾神不能——藝術的創造趕過了疾馳的時光，擺脫了死亡的恐嚇，自由地前往所有的未知之地。沒有地方管轄權的眾神在萬能而唯一的作品前只能蹙著眉，支著下巴，為此深深憂愁著吧……

原載二〇二〇年十月九日《聯合報》副刊

酣睡的多思者

要是睡不飽，我就想耍賴，沒有睡眠困擾就是我最大的困擾。人家說達文西一天睡不到三小時，其他的時間全部投入工作，稱呼他畫家、設計師、解剖學家都無法準確描繪這位文藝復興人，真令人羨慕。他並非躺下睡飽三小時然後起床，而是工作到極為困乏的時候，睡二十分鐘，醒來，甩甩頭，繼續手上的計畫。如此則可以確保每一輪的睡眠都是深層睡眠，吸取睡眠真正的益處，一滴不剩，毫不浪費。唐翼明教授說他每日必定午睡，二十分鐘，便能保住整下午的精神，兩者異曲同工。國外也有人效法達文西，拿自己做實驗，證其為真，亦無副作用，但他卻不力行。人詰其因，他張嘴打呵欠：「我沒那麼多事要做！」

雖然說省下來的時間多得惹人羨慕，但想到一天都在那裡醒醒睡睡，夠煩的，就覺得好懶，而且還要六次！想來想去，還是詹宏志先生好，他從年輕開始，睡四小時就飽，其他時間拿來看書、思考經營策略。任何愛讀書的人聽到這裡都要暗自羨慕，書太多，買不完也讀不完，只能安慰自己訂單成立就是閱讀完畢，坐擁書城，學富五斗櫃——很想知道只看網路文章的人要拿什麼去和客人炫耀，大概是紅酒櫃吧。當個紅酒專家也不錯，就擔心喝醉酒的人什麼都不當一回事。

我平常就睡很多，酒喝下去更不省人事。某回到那羅部落找朋友烤肉，一行六人，沿途峰巒陡削，公路在亂山當中蜿蜒向前伸展，穿行溪谷之際真的有巨大的山靈飄忽著眼睛，翹著厚嘴唇看你。拜見過伯父伯母，他們說要先去隔壁找阿姨拿烤肉架，言畢居然開著休旅車揚長而去。我問：「不是住隔壁嗎？」朋友說：「隔壁山頭！」雜貨店也在此時送來預訂的啤酒，六個黃色塑膠箱，彼此相疊，好高，搶包山似的。坐輪椅的祖母在一旁笑得合不攏嘴，露出僅存的兩三顆焦黑牙齒，長而疏的灰髮隨風拂散眼前耳際。天色漸暗，二、三十名族人陸陸續續抵達，我暗自驚疑，不就是普通的聚會嗎？怎麼這麼大場面？朋友釋疑說我們原住民要烤肉一定邀請全部親戚到場，沒有門前自烤肉的道理。

親朋漸多，喝酒唱歌跳舞最重要，烤肉徒作點綴而已。我們六個城市「肉腳」被灌得東倒西歪，伏在玫瑰花圃旁的排水溝躲藏，稍作喘息。沒想到某位大伯打手電筒，照亮每一寸地，細細尋來，如果他身旁帶隻警犬，會更像抓姦。電光在我們身上亂掃，他居高臨下，故作驚訝，說：「唉呀，你們怎麼躲在這裡？阿嬤要找你們喝酒！」一行人就這樣被提到老人家座前，才發現她整晚鎮守啤酒牆，好比盡忠的女戰士，完全沒有挪動，一手舉啤酒，一手拍輪椅，按著節奏，從她開懷的大嘴哇啦哇拉唱出模糊不清的泰雅歌曲，我們唯有捨命乾杯。

深夜的蟲鳴像鋒銳的星芒，爛醉的人聽起來特別刺癢，山中蛤蟆壘球大，蹶屁股蹲在地上。隔天正午，朋友說我前晚把牠們一隻一隻往山谷踢，妻離子散；還說我一翻身就拆了床頭的鉚釘，還硬要睡在別人的胸口。我說我醉了，完全不記得，大概是他胸肌練得厚，特別好睡，我挑對一張好床了。

你或許會笑，爛睡體質，又能藉酒助眠，還挑什麼床呢？錯了，正因為一覺不醒，直至天明，挺屍八小時，不適合自己的床會害人背痛腰痠手麻，起身後心情邪惡一整天，動不動就想在新聞版面匿名留言。記得北京故宮裡皇后妃嬪的房間無不湫隘陰慘，必須布置許多金玉擺件去沖淡悲傷的氣味，尤其是那張雕刻玲瓏的木床，如小腳一般僵硬緊縮，彷彿還在那裡唱著哀歌，尤其嚇人。如果慈禧太后的床能換上舒舒服服的獨立筒 king size 大床，搭配江寧織造的華麗絲綢被面，我保證光緒皇帝能多活幾年。所以睡得好，天下太平；睡不好，禍國殃民。法國名著《情感教育》寫 Frédéric Moreau 在家中的舒適生活使他萎靡不振，特別說他「喜歡睡家裡的軟床，用漂漂亮亮的餐巾」。或許任何國家安全法都要加上「為人民購置好床」的條款，在監控上會省事得多——就怕人民沒有夠大的臥房。

軍中慘事，宿舍霸凌，都可以做如是觀。所謂「三更有夢書當枕」，說得好聽而已，想當年大學住四人宿舍房，上下鋪，書桌緊靠床邊，期中考前書滿為患，稍有不慎就會將桌沿的書推落床上，層層疊疊，路障蛇籠般，難以強力掃蕩，不如落床為安。何況動腦是世上最累的勞動，熬癱了，最厚重的那本《說文解字注》推過來當枕頭，胳膊轉一轉，腰扭一扭，四書五經順勢成為夏日涼蓆。男生夜裡往往赤裸上身，一覺醒來，背上胸前多有紅色方形壓紋，蓋上印章的豬，可以送考場宰殺。蕭紅說：「生前何必久睡，死後自會長眠」，以書做床，保證不久睡；只怕如此不適，隨時會長眠。

現代人如果有一張好床卻不太睡覺，罪魁是誰呢？手機？平板電腦？不，是現代人自己。自願剝奪休息與睡眠的時間，讓渡給手指震動，精神銷融，為什麼變成今天這樣呢？想想這個世界的運作邏輯，答案不難理解，就是全球性的營利。有利可圖，商品會想盡辦法簇擁到你跟前，比如我到南京旅遊，地鐵車廂的拉環上，行進時車窗外的投影，車體內的塗裝，各站的顯示螢幕，布滿廣告，社會主義國家這麼富有資本主義特色，真正是認清了當代的弊端，洗心革面。免費下載的通訊軟體能出資拍片，免費的手遊卻可以在電視台電影院頻頻露出，為什麼呢？它奪走了什麼，成為它營利的資產呢？

注意力。手機啃食掉人的注意力。

訊息來了，噹一聲；設定成靜音，忍不住要冒出小紅點。有求生意志的人聽到怪異的聲響，看見刺眼的紅色（因為波長最長），感知到異常，提高警覺，困陷其中，當然要受影響。睡眠短了錢包薄了事小，失去給自己反思的時間事大，「吾日三省吾身」恐怕也花不到十分鐘，卻能治療每天受的一點點擦傷，修正人生的航道。識好歹、擇善惡說穿了都是自己的功課，這些功課在網頁、遊戲、訊息、消費、閱讀……的關卡插腰嚼口香糖，等著與你對決。

小時候最喜歡躺在床上看書，直到被罵才熄燈。回想起來，當時我應該回嘴：看書有多少好處，你們知道四十年以後讀報是奇觀嗎？文字太原始，故能全力啟動現代想像。但是也不能怪父母，以前娛樂少，出版社良莠不齊，翻拍盜印，出書首重娛樂，其餘一概不管，嗜讀的年紀，睡前看這些遮遮掩掩的書過於危險，難保在無人看管的睡眠中發春夢。不安於現實的我偏愛怪夢，從小到大，每天都期待悠悠醒轉時，能記住每朵夢荒誕的劇情，只因沒有什麼娛樂比自己擔綱主角更過癮的。舒服的睡眠專為等待夢的遊樂場開園，儲備生活的電能只是副作用。有誰不願意活在夢裡？當這個世界的浪漫所剩無多的時候。

床頭書如果是造夢的咒語，那臥房的大小物事就是通往夢境的失重隧道。睡眠專家提出優質睡眠的上百種做法多半和物質相關：遮光眼罩、一千紗織床套被單、星級飯店獨立筒彈簧床、純蠶絲睡衣、超音波香氛儀、白噪音助眠機……各個都在按壓你的感官，足見睡眠不僅是醫學，更是美學、感覺學。然而「法器」眾多，要是稍微不合意，可就要破壞這場睡眠的儀式。想來好笑，覺天天要睡，又不是三年一次的羅天大醮，每晚這麼勞師動眾豈不更快精神衰弱？瑪麗蓮．夢露每晚只穿香奈兒五號睡覺，你看多省事！

流連眼花撩亂的寢具網拍，或走出門抱走一襲床包組，都是小老百姓踏實的小小樂趣。必須仰仗安眠藥的母親常對我做出慈愛又驚心的預告：沒有睡眠困擾？老了你就知道。時光是不按牌理出牌的玩家，瞬間贏走你貴重的、壓穩生活的各種東西。隨著年齡增長，不免要考慮長眠的所在。如果要我在草原和大海間選擇我最後的一張床，我會選大海。草原下太多妖魔，會讓我聯想到香港電影中受樹妖姥姥宰制的蘭若寺；選擇柔軟的大海比較浪漫，即便有重金屬汙染。《白鯨記》寫道：「海裡有許許多多弄不清的亡魂幽靈、沉湎夢鄉者、夢遊患者、幻想家，以及我們稱為生命和靈魂的一切東西，都在這裡做夢，做夢下去，像酣睡者在他們的床鋪上翻來覆去一樣，這些惶惶亂亂的人就這樣弄得波濤洶湧不息。」聽起來精神病患全落到海洋去了，生前睡不好產生的心理病癥，死後繼續。死者不用睡，卻似乎還是受著夢的干擾，如此這般，又讓我對潛落海洋有所遲疑。反覆思考死亡還真是累，我想我不如努力去做個懶的人，天道酬勤，它祐我好睡。

如果莊子辦護照

如果莊子辦護照，唯一的可能就是他想飛。搏扶搖直上九萬里，畢竟是想像，現實是坐飛機穿過對流層飛向平流層，藍天成了腳邊的舞台布景，想像力拋向銀河宇宙天外天。如果莊子晚生兩千年，除了是寓言家、哲學家，他或許還寫科幻小說。

視自由比生命高的他大概無法接受辦護照這件事。大家都知道莊子出國玩，到了楚國，鄙笑愛當官的惠施像鴟鴞，想「嚇」他這隻不屑凡塵的鵷鶵一聲。莊子好想飛，因為他只能腳踏塵土來來去去，飛不起來，甚至幻想死了或許比較舒服，鬼都用飛的，不用走。無論如何，都沒看過莊子要過海關蓋印章，掃描眼球比對指紋什麼的。我們的時代，人活生生地在眼前，卻要自己證明是自己而不是別人，不知道莊子會怎麼回答這一個哲學命題？

明明是自己的事，卻要說服別人接受，不也好笑。

不相信活人相信他手上的幾張紙，也是世界大戰後的專利特產。旅居國外的同學在臉書上抱怨她要一直輸入各式各樣的驗證碼以獲取個人帳號，而她每次都沒辦法分辨某一個圓形究竟是輪胎還是反光鏡，「老天爺，我居然要對電腦證明我不是電腦，是人！」反反覆覆，正好說明了世界上誰也不信任誰，所謂「白首相知猶按劍，朱門先達笑彈冠」，有交情還不信，何況隔上千萬里。你或許會說新聞上不是常常有被外國俊男美女頭貼詐騙數萬美金的案子嗎？隔這麼遠，沒摸過臉，居然就信了。我說，那是他們太孤單，隨便讓人家住進心的大廈，住在心裡，算遠還近呢？

所以我留著汰換下來的護照，全部是對這個世道的反叛，看啊，這個是我，那個也是我，被他們端詳過的又被他們拋棄，像同系列不同型號的子彈內褲。

第一本護照，瘦巴巴的國中生，眼神像債主，全世界都欠他，這本是兩岸開放後為取道香港澳門進東莞而辦的。第一次出國，就在啟德機場踢倒前方大叔的手拉桿行李箱，他回頭瞪我，臉型很香港，梳好的油頭彷彿聳了幾公尺，我傻笑點頭 say sorry，因為聽說香港人最不想搭理鄉巴佬，果然他拉起行李箱不發一語走掉。在廣東盤桓一星期，改經澳門回台，澳門海關不知道為什麼立得那麼高，我只能對它露出兩隻眼睛，再把護照捧上。程序結束我伸手拿回護照霎時笨神經發響，指尖咻地一推，護照就趴跤一聲摔去海關座位下。那位阿姨有點噸位，惡狠狠瞪我一眼，艱難地爬下爬上尋遞我的護照。

第一次出國就被兩個陌生人討厭，因此我對護照的印象一直很糟。加上世界各地的機場免稅店都在賣護照套，過海關時卻永遠叫你拿掉。導遊千叮嚀萬交代護照要放旅館不要帶出去亂晃，可是進酒吧要護照、退稅要護照、換折扣卡要護照，出門不忘摸一摸懷裡揣的護照，又怕是對扒手的暗示。有一個笑話說你只要在機場大喊有扒手，就可以知道每個人的皮包藏在哪裡。

正在幻想沒有護照該有多好，忽然想起某國家不用中華民國護照也能過關，羨慕吧，那個國家叫中華人民共和國。海關只看台胞證。疫情之前去了南京，我故意攤開護照，與台胞證並列，海關小心翼翼地避開護照，好像那本護照有綠色的嗜肉病毒。

按照國際上通關的道理，所有與通關不相關的東西都不能放在櫃檯上，像這樣明知該放卻不看、明知不必放卻又不敢讓旅客收起來，無疑是給進中國生活的旅客的第一堂課，政治倫理課。堪與之比肩的是柬埔寨，海關看了我的護照，皺皺眉，東翻西翻，要我上前查看，頭伸過去，他手指桌上玻璃墊下一元美金的圖案，亮著掌說：「恭喜發財。」滿面的笑，千手觀音都捧不住，華盛頓都眨起眼來，這一堂，是經濟課。

護照同時反映了體制與個人的可分與不可分，逃走與留下。

在披頭四與新世紀福爾摩斯的倫敦、歐洲起降數最大的希斯洛機場，已經完成十四天旅程的我準備搭機前往巴黎。為了反恐，氣氛嚴肅，各色人種道路以目，海關把我手上的護照顛來倒去，一頁一頁查找，忽然皺眉，直視我，對我搖搖頭。

我嚇傻了，忘記英文怎麼說，她先開口了：「你知道到歐洲要申根簽證嗎？」我說我知道。但你沒有，她說。因為我不需要，我答。接著她在電腦前飛快的打字，忽然解開顰眉綻放笑容，「噢，我沒看仔細，請吧。」三週過去，在戴高樂機場，地勤一直質疑我的護照效力，「我搞不懂，為什麼你們中國人的護照封面有藍色、紅色、褐色、綠色？」我也搞不懂為什麼幾百年過去你們歐洲人還對東方這麼天真，但我只是心裡想想，不然我可能要抱著鵝肝醬，光屁股收拾被開腸剖肚的行李。法國人不停碎碎念，還把隔壁地勤拖下水，兩人開始把「護照與簽證作為當今世界局勢遷變象徵之可能」當成命題，展開法式討論。曾為辦法國手機花去整個上午只為了等前一個女士和銷售員聊完一歲大的兒子該如何飲食穿衣的我，絞盡腦汁想趕緊擺脫這個令人不耐的困境。忽然想起補習班老師誤人子弟時的閒談，因為罷工，他們全家只能在戴高樂機場等待候補機位，十二月聖誕節前夕要等候補，必須要有搶頭香的勇氣，排週年慶的毅力。他站在地勤旁邊，努力以法文同地勤談天，這樣就點中法國人的人身兩大穴：說法文，愛交際。一念及此，我馬上切換法文頻道，開啟拼湊單字之胡亂講，我們三人居然聊了起來，完全不顧後面還有人等著 check in，我在關鍵時刻強化語調，嘆一口大氣，說「政治總是很複雜的」，他們倆點點頭表示同意，遂放我過海關。在法國扮演戰國時代的縱橫家，因為我知道法國人不講話會死，就像不讓義大利人比手勢會死，是真理。

在法蘭克福，海關不苟言笑，護照看一下。機票看一下。飯店地址看一下。在甘迺迪機場，那個黑人大叔蓋完章，說：「歡迎來紐約！記得吃披薩！」他們的舉動表現的是民族性的自由還是制度的約束呢？又或者是見識淺薄的我，依個人經驗在以偏概全呢？護照，薄薄幾張紙夾一枚晶片，卻隱藏著幾個世紀以來關於安全和自由的辯證，夠讓人頭大。茨威格（Stefan Zweig）在《昨日世界》提到一戰前他到紐約旅遊，閒得發慌，把求職當遊戲——快速認識美國的遊戲——穿梭在一家又一家的公司和商店，「沒人問我的國籍、宗教信仰和家庭出身，我四處走動而不必帶護照——這對於我們今天處處要蓋手印，要有簽證和警察局證明的世界而言，簡直不可想像。」另一位名作家王爾德到紐約，不用看護照，不用蓋手印，也不用申報他的天賦，就能在全美國大講華麗的俏皮話。縱然我羨慕十九世紀的歐洲成年男子，把世界壯遊當成巡視市集；但是想到他們的學生時代沒有體育課，中學必須學習五門外語、多種文理課程、嚴格的音樂與禮儀訓練……便謝之不敏。

由此可知時代各自有其難題，護照製造了新的麻煩：五成的美國人沒有護照，因為他們覺得沒有必要出國——美國這麼大，什麼沒有？而認為該取消護照的是澳洲人，因為每年有數以萬計的澳洲人因為在國外玩瘋了，忘記旅遊簽證過期。

心想玩，就不關護照的事。莊子開篇〈逍遙遊〉一上來就是大鵬鳥小鶊鶬高低的頡頏，讓讀者跌入輕盈失重的閱讀時空，莊子論自由，連地心引力都要取消。十幾歲的學生問我，老師，哲學家們是不是都在自嗨？哪裡有徹底這種事。

是想像力啊。傻小子。

想像力讓人出神、入迷，像半個忘掉的夢。

辯證何謂自由的人，是哲學家。但是，做人與其是哲學家，不如是文學家；與其是文學家，不如是生活家。

生活是最要緊的，沒有可親可感的生活，就沒有玄之又玄的抽象辯論，甚至沒有虛構的本錢。每次旅遊結束回家，長途飛行的疲倦讓我無力打開行李就先往沙發躺，沙發因身體而曲線而淺凹，鼻腔有微微的皮革氣味，車聲的浪花越過窗沿，硬殼鋁製行李箱露出星星的刮痕，口袋裡的護照緊貼胸口，漸漸注滿記憶的溫度，我幾乎以為我要在溫暖與潮濕中伸展翅膀與觸鬚，或許不是幻覺，而可能是一把柔軟下陷的夢，在虛構的風中快速移動。我知道我終會因乾燥而醒來，並且不會不開心，可能會有點悵然，但絕不失落。

如果莊子辦護照，我要第一個阻止他，告訴他說，全世界的自由和幻想已經不夠你一個人用，沒有必要。如果勸不聽，我會騙他去競選英國女王，因為全英國的護照都是她發的。哼哼，到時候看他飛到白金漢宮，怎麼向伊莉莎白說寓言故事。

原載二〇二一年十二月二十九日《聯合報》副刊

共和國的要求

Versailles

當嵌滿整整齊齊金亮燈泡的大階梯於滿場觀眾眼中閃現的瞬間，劇院裡掌聲響起，彷彿看見富士山縱剖開來，聳立在前。

奇觀難得。我說的不是景色稀少，或難以重現，而是如何費盡心力才得到的，看一眼的機會。

幾個小時前我還在北部新幹線上巧遇老朋友，台灣遇不著，去日本就對了。她問我晚上的行程，我說如果運氣好，要看今晚的寶塚。沒有先買票？我說我不是會員，而且登錄網址在台灣也不給我買。寶塚的票通常都是秒殺，你要有心理準備喔！她說。

車抵東京，換地鐵到淺草投宿，頂了塞滿野澤土產果醬、蘋果汁、甜點的沉重行李箱爬三層樓到地面層，開始手機導航，卻怎麼樣都無法在亂絲麻般的道路找到旅館。慌忙之間反倒動了靈機，何妨把它鎖在淺草站的置物箱，自己奔趕至有樂町再說？於是我又扛著這口三十吋鋁合金 **Rimowa Classic** 走下三層樓，找到最後一個空置物櫃時才感覺手掌微微發抖。

站在東京寶塚劇場的櫃檯前一問，唉呀只剩最後一排位置，半山腰高，我邊買邊嘀咕。在對面的購物中心匆匆忙忙吃完飯，進了劇場，才發現我的左右最後側還有站票啊，站的是爺爺奶奶們，挺直腰桿，手緊握欄杆，白髮裹著奪目的銀光。

寶塚的演出模式，上半場是話劇、歷史劇，下半場則是燦爛華麗的歌舞。今天端出的大菜是漫畫改編、風靡台日的《凡爾賽玫瑰》，我的天，法國大革命的故事被改編成漫畫、動畫、電影，現在則是戲劇，寶塚歌劇團男役扮演軍裝歐斯佳可謂天作之合。我看得入迷，不知不覺身體前傾，支頤托腮，其實我的日文只有《大家的日本語》第一冊的程度，根本聽不懂台詞，但侍衛長歐斯佳與安德烈的故事或難忘懷，眼前自然打出腦補後的中文字幕。時間不覺向後飛轉，恍惚迷離間回到國小放學的下午，我盯著電視機，看歐斯佳騎馬耍帥，並期待天真活潑的瑪麗皇后在這一集可以多蠢。劇情後半段，歐斯佳經歷理智、道德、人性、同情的苦苦掙扎，最後決定與安德烈在攻打巴士底監獄的前夕，在身心靈各方面開誠布公，緊接的畫面是水缸大的眼睛閃爍盈盈的小星星，滿天各色花瓣捲畫風的線條，兩人削瘦的裸身濕熱的輕吻……

「打擾了。」我這才驚覺工作人員出現在旁邊，嘰哩呱啦低聲一串日文，我指指耳朵，表示我聽不懂。他遂把頭放到兩個手掌中間，模仿一朵含苞牡丹花，然後兩隻前臂交叉，搖頭。我連忙表示懂了，他才點頭下去。

一到中場休息，好幾個工作人員高舉示意牌，有的畫一個人上身前傾，支頤托腮，上面打了一個鮮紅的叉叉；有的畫一個人正襟危坐，後腦杓緊貼椅背，上面打一個水藍的圈圈。

我又尷尬又覺好笑，演的可是暴力革命加愛情，台下居然連托腮都不准。

日本規矩多而細碎，軟糯黏人，藉以讓不明就裡的外國人當場現出原形，好比第一次拿到歷史課本，不明白為什麼路易十六的爸爸不是路易十五，路易十八也不是路易十七的兒子。幸好下半場是歡快的歌舞，觀眾跟著熱情搖鈴，和大階梯金亮燈泡一樣整整齊齊。又來了，我不知道買搖鈴也是軟規矩，只好隨節奏搖手。在日本的尷尬就是，自己和別人不一樣。

回味了宮殿，馬車，宴會，緊身褲的同時，也想起小時候的疑惑：凡爾賽，Versailles，明明字尾有一個s，為什麼不念成凡爾賽斯？在那個沒有網路的年代，我問遍身旁的師友，沒有人可以回答。

我決定，自己學。

Julie

在台灣的虛榮就是，自己和別人不一樣。書念得多了一點，逐漸發現法文單字結尾如是s，後面又沒人陪，孤孤單單的，那s通常不發音。例如卡謬（Camus）不是卡謬斯；「我思故我在」的是笛卡兒（Descartes），不是笛卡兒斯；符號學大師羅蘭巴特（Roland Barthes）不是羅蘭巴特斯。法文仰之彌高，但似乎能見點眉目。

打聽到師大有法文班，馬上去報名。

晚上七點上課，十點下課，師大法文班傳統是全法文授課，從第一級到第十二級皆如此。初級班的學生不學而會的單字有三：日安（Bonjour）、謝謝（Merci）、香奈兒（Chanel）——然不乏有人把這個字錯念成隧道（channel），無所謂。第一次接觸異國語言當然很緊張，如果想更緊張，緊張到扯頭髮尖叫，加一位嚴厲的老師就行了。

她走進教室，全班都嚇了一跳，活脫脫是課本漫畫那個潑辣女主角：盤起的馬尾用鯊魚夾夾住，勒得細瘦的腰身圍一條紅漆亮皮皮帶，小麥膚色，大眼厚唇，法文講個沒完。冷不防抖出一張紙比劃，我們一頭霧水，輕聲細語地嘗試用英文問問題，她大吼大叫提醒我們上課不能說英文！改以中文詢問，她搖頭說聽不懂。纏了半天，原來紙上是滿滿的法文名字，她要我們自己挑，方便點名。這些陰險的字母旁或有二聲和四聲的符號，或有小掛勾，或有小山丘，裝飾看來美麗，卻有浪漫毒蘋果的嫌疑。我選了一個乾乾淨淨的字，Joseph。隔壁的哲學系女生千挑萬選，選了Thérèse。

R，如果你平時有留心，會發現英國人和美國人、現代英美DJ和黑白片年代好萊塢明星念起這個捲舌音都不一樣，已故電影巨星愛絲岱・溫伍（Estelle Winwod）、亨弗萊・鮑嘉（Humphrey Bogart）懶得捲舌，very聽起來像vely。德文R像從咽喉底部升起來，義大利文R連續彈舌，法文R震盪小舌。若是遇見其他字母，偏師以待；遇見R，濟河焚舟，挑戰Thérèse這個字，要先練好小舌音，其次抓準音調：e上頭那一左撇表明我是高音向上，右下撇的e則是重音下墜，Th只發T的音，但這個T的發音方式也與英語的輕唇音不同，稍重，但又不能發成D。

她選了這個名字之後其他學員便輕鬆地咬了十五分鐘指甲，等她把自己的名字念準。她一次又一次被Julie否定，一次又一次，Julie流露出專屬於法國人的那種不耐煩以及死纏爛打沒給老娘說清楚不准走的表情，小女生被嚇得牙齒舌頭都縮短了，更念不準，精神錯亂的她甚至用「はい」代替yes。一陣折騰，輪到我，Joseph，十秒過關。

有一個笑話，說上帝創造世界時，把最肥沃的土地，最宜人的氣候，最漂亮的農作物都給了法國，事後一想，和世界其他地方相較，這樣做太不公平，於是放了法國人在上面。

法文的 u 也極難念，u 音玉，嘴形像吹口哨，稍稍偷懶就很容易走音，走音就要聽錯字。u 的難處不在於發音方式奇怪，而在於我們易受英文干擾。凡是有 u 的字總會整死學生。

老師的名字正好叫 Julie。

唉，為什麼不叫 Jolie 呢？這樣就不會每堂課都覺得自己腦幹損傷。

當我們教不來，她就跺腳，搖頭，翻白眼，以及法國人最愛的，用嘴唇製造放屁聲。我們只能在課堂上用她聽不懂的中文罵她幾句，接著繼續練習 u 這個該死的音。

經過三期的調教，我們也慢慢抓住了法文的訣竅：嘟嘟嘴。和國語、閩南語、英語、日語相比，法文總是在嘟嘴，過去聽別人說世界上最性感的語言是法文，以為是音調迷人，原來是時常嘟嘴，似有索吻的意態，女孩烈焰紅唇，說起法文能把鋼鐵直男拱上了天。慢慢地我們也能和 Julie 開玩笑，不小心說了中文，其他同學也會彼此提醒，「吼，她聽不懂啦。」

Julie 專責初級班，進階之後換了一位老師，Nathalie，名字更長，教學更嚴苛，我更常挨罵。下課時含淚前往洗手間的路上，聽見 Julie 和櫃檯阿姨聊得很開心，用中文。

L'Arc de Triomphe

學習一國的語言既久，自然為該國文化所浸染。工作存了點錢，第一次長途飛行的終點當然要獻給巴黎戴高樂機場，這是潛意識作祟。當降落的廣播響起，時差蟲就高空掉入海洋溺斃，還來不及打開窗板看風景，空服員已經拿起消毒水朝乘客身上猛噴，滿臉笑容的用他人不解的方式歡迎乘客來法國。

旅行社安排的第一站是凱旋門，因為沒有開放時間的問題，而現在是清晨六點。我想起課本上那個小漫畫，l'Arc de Triomphe，兩名觀光客在互相對話，對話框是空白的，我填的是：「為了看凱旋門，帆船橫渡太平洋也無所謂。」同學中有一位是晶華酒店的客服經理，看完之後哈哈大笑，囑咐我日後絕對要搭巴黎地鐵，每一站的獨特設計和尿騷味都會讓你叫 wow。我很氣她跟我講這些，以致我當場聞到尿味時只去分析研判這是昨晚的還是陳年的，失掉夢碎的心痛機會。旅遊和性愛很像，都是先別人聽說，自己才去做，在這兩件事上每個人都是二手貨。

在巴黎兩天，是驗證三年法文成果的期末考，問好，問價，問路，當這些簡短的句子發揮作用的時候，帶給我的衝擊不亞於創世紀。在我的台灣日常中，這是出了教室就靜音的語言，今天語言的靈魂回返原鄉，發出興奮的啁啾，找到自己的身體，當我說出牠們，牠們擁有觸鬚、翅膀、頸項、雙足，可以跑跳可以飛翔，復活成赤裸的生物。已然被我忘卻的，第一次說話感受的，刺麻的微痛感，居然又被重新獲得，說異地的母語，宛如從母親的舌頭第二度出生。

恐怖的至福。

我知道日後說再多的法文，這種至福感也不會再出現，除非我學完冰島語去冰島，學完希臘語去希臘。極端的東西沒有餘地，所以是恐怖的，是無上的。在遣詞用字上，平常人的生活少有極端的刺激，多的是隨選隨用，用完即丟的粗心無聊。我問自己，能用想像滌垢嗎？說起懸梁刺股、吮癰舐痣，我能想像每一根頭髮都被拉扯的刺痛感嗎？鐵錐要刺多深才能讓血從大腿流到腳踝？那是多深的決心？又有誰記得肛門的神經敏感程度比龜頭口高，痔瘡那個又痛又辣又癢的煩躁如果有人能用靈活的濡濕舌尖來回多舔幾下……我能想像嗎？

我能。我要。我必須。

La Marseillaise

法國遭受恐怖攻擊最嚴重的那年，我又獨自回到巴黎，選擇最容易受攻擊的國慶日，和最可能成為目標的數萬人一起擠在艾菲爾鐵塔前。

說不緊張是騙人的，我憂愁著明天會不會晉升台灣名人。

十年過去，我的法文只有更爛，臨行前抓了當年的初級班課本，對，就是有 Julie

漫畫那本，想說旅程中多少恢復一點戰鬥力。為了在晚間國慶音樂會找個好視野，我下午就進戰神廣場，拿出柳橙汁、三明治，翻開法文課本，讀課文看習題，習題都是做過的，還有紅字批改，人稱代名詞、定冠詞、不定冠詞、過去式、過去分詞、假設語氣……

抬頭才發現旁邊的小男孩，跟著我讀。

我主動說了我學法文的經驗，短暫交談後，他以無比誠摯的眼神看著我說：「如果你覺得方便，我們可以說英文。」我如釋重負，卻帶著羞赧，更慘的是，切換成另一個聲道才發現我的英文已慘遭法文潑漆，斑斑點點的，洗不掉。況且幾枚英文字是從法國人手裡揀的，拼法相同，如 entreprise，finale，但發音迥異，我感覺這兩種語言在我腦裡自由搏擊，拳拳見血，中文出手想當和事佬，公親事主反而扭打成一團。小男孩沒有這個困擾，說他剛學物理，樂意和我分享物理學的幾大定律，還考我：宇宙間有幾種力，你知道嗎？

我知道，那就是學了很久的外語，花了很多時間精力，卻還是說不好，決定跳樓自殺，幫助他成功摔碎腦袋的力叫地心引力。

我這樣想，但沒說出來。

滔滔不絕的他忽然不語，轉過身問旁邊坐著躺椅看報的老先生某個字的正確讀音。老先生朝我點點頭，說他是小男孩的爺爺，長住法國的克羅埃西亞人，小男孩名Sean，今年十三歲，明年跳級直接念大一。Sean有點害羞，和爺爺說起克羅埃西亞語，好像在抱怨他洩漏隱私——然而是得意的抱怨。

音樂會結束，國慶煙火之後，按慣例唱法國國歌〈馬賽進行曲〉（La Marseillaise），弟兄們組織起來，舉起染血的旗幟，前進！前進！殺敵！每次聽這首歌我都想起《凡爾賽玫瑰》揮灑熱血的歐斯佳，法國大革命的口號是自由、平等、博愛，可是沒有和平。和平去哪裡了？再仔細想想，要求自由平等博愛，正好說明當下缺乏自由平等博愛，這個道理就像禁止傾倒垃圾的牌子下永遠堆滿垃圾，高喊仁義的人最缺乏道德。和平在哪裡呢？和平在話語裡，在聽與說、取與求的雙人遊戲之間，在語言和語言的相互迻譯，促進理解。和諧與撫慰仍舊是可能的，即便是短暫的。我想 Sean 的語言運用自如，各自獨立，互敬互重，更接近共和國的要求。

當我在回旅館的路上這樣思索的時候，我還不知道等我睡醒，將有幾十通簡訊等著我回覆。因為就在國慶夜，法國南方的城市尼斯發生恐怖攻擊，卡車急踩油門無差別衝撞路人。來不及說完最後一句話的小女孩沉默地躺著，由呆坐在地的父親看顧。這張照片登上了全球媒體首頁。

原載二〇二一年三月四～五日《自由時報》副刊

輯三　撫摸

連續出賽

同事的女兒果子今年三歲，每當我們聚會，她都極其興奮，一下衝過來抱我大腿，忽而扯我指節跑向客廳窗簾，大著聲叫我躲後面，和她玩躲貓貓，規則很簡單，不看到臉就算沒找到。小孩子的世界真奇妙，明明腳顯露出來，塑膠印花窗簾裹出了身體曲線，我口中叨念找不到我找不到我找不到我（其實聲音大得餐桌都聽見），她還是在我身旁來回繞，喃喃說道在哪裡啊。

我跟同事說妳看她多喜歡我，跑個不停。

她說，臭美，是因為小孩平衡不好，不是跑就是站。

我想起橫衝直撞的橄欖球員，他們為得分，小孩子們就只為橫衝直撞。奧運比賽最好看的就是一百公尺決賽，衝過去就對了。所以我的偏見是，最公平的比賽就是裁判最少的比賽，最好玩的比賽就是沒有獎牌的比賽。

還有一種好玩，叫做看別人比賽。讀小六時的體育課都是躲避球，學生一到球場老師就回教室躲，抱著收音機聽股票，球場留給指定的皮小孩當老大。我脾氣不好個性差，和他們保持距離，從此體育落於人後，逐漸食之無味，如果體育是磁鐵，那我就是木屑，一拍兩散。但是看比賽卻十分投入，記得不管什麼時候經過籃球場，都會有人在那裡三對三，我站在籃球架上，享受橡皮球撞上籃框籃板的震動，看那一群人圍著球打轉，太有趣了，總讓我想起池子裡那群張大嘴搶圓圓飼料的鯉魚。

老媽為此傷透腦筋。我愛書不愛動已經不太像男生，更讓她頭痛的是下場三對三的是她女兒，我妹妹。她當著我的面抱怨：「你以前不是這樣啊，都騎小鐵馬在庄腳的埕內亂衝呢……」我討厭她在那裡重述我的人生，那種感覺就像是自己的過去被綁架，回頭向現在的自己要贖金，愈敬運動而遠之，不讓她稱心如意。國中體育課就陪體育老師聊天，陪同學聊天，陪自己聊天，想騙同情分。體育老師說，你不喜歡運動？我點點頭，哽咽地說因為我念小學的時候被躲避球打到頭流鼻血眼鏡整個被打碎，倒地痛哭。她大概不相信這個被我誇大的故事，冷淡地回我：「那你體育成績危險了。」期末測驗托排球，我一直托到十根指頭都折斷了才過關，那時我還不知道我的不幸將不只於此，以後會繼續在足球測驗時連續頭鎚不進而腦震盪、跳箱測驗失敗導致男性賀爾蒙激增、四百公尺測速翻跪摔破兩隻膝蓋，還有還有，帶球上籃測驗，我才過中線就開始三步起跳，在一片譃笑聲中籃外大空心。老師瞪大眼睛，裝腔作勢地當著全班的面說：「三步上籃中線起跳，全世界只有麥可．喬丹這樣做！你在搞什麼？」這位體育老師恰好是我家鄰居，晚上講給我媽聽，她的眉頭鎖得更緊。國三，體育畢業考居然考分組手球競賽，老師說現學現賣，不練習，最公平最客觀。我馬上低聲哀求同隊隊員，等一下我就在你們旁邊裝忙，記得不要把球傳給我，比賽結束我就及格了。

接下來的事應該很容易猜。

當我在球場邊緣瞎跑，同學忽然朝我一記強傳，正中前額。接下來怎麼了，連我也不記得。

其實我沒這麼窩囊。十歲那年的體育老師看我手腳俐落，彈性不錯，要我每天七點到校，跟著其他大朋友跑步，練跳高。四十年前一般小學生最擅長的跳高方式是滾式，助跑、躍起、腰腿一挺、身子打橫、嗶一下就能跳過去；但老師希望選手練的是當紅的背越式——亦即跳躍時先引頭聳肩、擲腰挺身、最後用力甩腿，過竿後肩膀上背落靠軟墊，才算完成動作。換言之，沒有專業場地、專業訓練，這一切都不可能發生。成為跳高隊一員，我被帶入那個瀰漫刺鼻深綠色塑膠厚軟墊氣味的活動中心，一次又一次地後滾翻。要是姿勢錯誤、動作草率，會在後翻時撞倒橫桿，全身力量壓上去的感覺就像赤足踢桌腳一次貫穿末梢神經的那種劇烈疼痛（你不妨現在脫了鞋試試）。所以跳高教練和其他教練不同，不用體罰。下午回家繼續在彈簧床上練，練成習慣動作，加上助跑，大功告成，送出場比賽。記得運動會跳高我排全校第七。

另一項值得說嘴的，是我無意間在書櫃發現一本華淑君《今日瑜伽講義》，華視出版。這種按部就班、圖文並茂、解說專業的運動指導書籍，鄉下小鎮實在少見。書局的最大宗是參考書，文具次之，書籍再次之，最常見的一種圖畫書是仿古的，紙質黃鬆，胡亂印一些沒頭沒尾的拳法（當然也夾雜壯陽持久、解決邊走邊丟困擾的小廣告）號稱武林正宗，我跟著比劃兩招而已，不會當真，因為害怕氣血逆行走火入魔像連續劇演的那樣發瘋。

閒話休絮，封面華夫人體型居然頎長苗條，書中動作各自有其強身健體的功效，不如我也練它一練。我從第一頁「瑜伽的宗教意義」看起，重新學習腹式呼吸，以「拜日式」為根基，一頁一頁練下去，划船式、蝙蝠式，最後練就反鎖蓮花式，把自己纏成一枚繭。兩年之後，我喜歡和同學在體育課聊天之際，劈個一字馬嚇嚇他們。

所以我才不是天生缺乏運動細胞，而是運動一旦要打分數，就不好玩了，更何況要和一群人競爭分數，這就說到我的彆扭之處：難以和他人相處，特別和男生。父親在外地打拚，我和母親、妹妹一起生活，加上個性古怪，沒有辦法與那些哥兒們混，參加女子組又被拒絕，想來想去，還是遠遠走開比較自在。大概從小就知道自己和其他男生有點不一樣吧，比方他們可以肆無忌憚地跨坐其他男生的大腿而沒有親密的念頭，我做不來。老爸最常用閩南語罵我 **koo-ta̍k**，第二個入聲字透過成年男子罵出口來特別惡毒，生了一個孤僻的兒子他大概很難忍受，尤其他朋友散布五湖四海，車子開到哪一個縣市都有故事，打開哪一扇門都有擁抱。他的命運因為重情重義而絕處逢生，任職的公司倒閉，總有朋友帶給他闖蕩機會，他就去，一心認定失敗了有人和他一起扛——所以在情感上總是因背叛而受傷。

所以我到現在還不明白，是性格決定命運，或是命運操弄性格？究竟誰才是人類的神？

我受不了情感虧欠，盡量不讓別人對我好，對誰都冷淡，誰執意愛我，才加倍奉還。曾經想學徐志摩，火一般地熱愛世界熱愛身邊的每一位男子女子，不畏人言，久了卻發現自己做不到，因為高壓的飽滿的心，禁不起刮傷，飄忽的眼神，無心的呵欠，煩躁的聳肩，輕易地刺破熱情洩了氣。或許不只孤僻，我性格中還夾軟弱，哈，原來我篩子命，全身漏洞。體育課跑跑跳跳進了跳高隊，煞有介事地練習了一整年，命運就來戳個洞，叫我厭惡躲避球；逐漸石化後翻出一本舊書，意外跌入瑜伽世界，它又來戳，讓我期末考大出糗。如果這就叫命，玄之又玄，又有誰能幫我解說？死亡嗎？

對我這輩的男生而言，最神祕難解的命，要算是服兵役。我可以選擇逃離學業，先服役，一樣是兵，卻不能預知去哪個部隊。結束新訓，抽籤分發，大頭兵謠傳要在手掌畫眼睛，籤筒中看得清，能抽到好單位；才剛拿原子筆畫好，又有人拿出綠油精，說是當兵就是要又爽又涼，當場你傳我我傳他厚厚地塗一層在手心。我手下去一撈，金門裝甲旅。「眼睛碰到綠油精不就瞎了嗎！憨仔！」老媽氣死了，在電話旁邊發火，我也不開心，回嘴說：「妳還不是給我去拜媽祖！」

算了罷了，中外島就去外島。我肩掛現已絕跡的政戰士官階，政戰去到哪裡都是文書工作吧？想得美，外島文書站崗打掃出差擦槍軍歌競賽等等雜事都得做，做完了照樣體能戰技訓練。五點半起床跑三千公尺，早上處理公務，午飯後等著一連串體能菜單：手榴彈擲遠、手榴彈擲窗、實彈射擊、引體向上、伏地挺身、仰臥起坐、爬竿、刺槍術；直至行無餘力，再繼續小飛俠、保庇跳、老漢推車，期間欲死的我還被長官急電：「政戰士！快去開營站！」我立刻全副武裝，打開收銀機，熱狗二十五，咖啡三十……

唉，我知道你讀到上面這一段，應該是一頭霧水。我姑且幫自己的文章注釋，避免像日後為了讀懂「曰若稽古」，寫了兩萬字的考證，翻譯出來居然是「好久好久以前。」

二十一世紀初期，正逢中華民國持續精簡軍力，兵役期限不停縮減的浪頭，最終役期剩下現在的四個月。才下部隊的我，剛被國防部縮減了三十天役期，當過兵的都知道，多一天，少一天，其距離是整座帝國的興亡，縮減役期意味著我會和「學長們」一起退伍。是可忍孰不可忍？於是，輪值掃廁所那週，安排我的組員「剛好」放假回台灣，我一個人掃六間廁所；前人留下的資訊安全漏洞，卻威脅要闖懵懂的我七天禁閉。在陌生的部隊，一個人，也不是沒想過死，聽說毛巾綁在浴室的水龍頭上，兩腳跪地，身體向前，套上脖子，這樣也吊得死。隔壁連隊有一個吊死在舊彈藥室，被發現時腳下是踢翻的空木箱，S腰帶拎著頭，在無風的房裡輕微搖晃，像遲疑的揮手。我後來還是無法下定決心，反而效法懷著恨意，為敵人而好好活著的魯迅，把肉體的勞動放在思想的活動之前，當成下鄉勞改，久了居然也習慣。好幾個月後才有人告訴我說：「以前你不講話以為你很傲想整你，後來才發現不是。」

啊，koo-ták。這是我第一次吃孤僻的虧。

再過一段時間我才注意到，新進的一梯不管看到誰都九十度鞠躬敬禮。

如果能回到過去，對著小時候的我講講未來，不知道他聽完以後會不會修正一下自己的性格？即使有想，沒有被實際教訓過也做不到吧？我就是這樣天生討人厭。

大概我看起來變得和善，長官派我管理只有三坪大的營站——營站就是軍中雜貨店的意思——打掃清潔，販賣零食飲料，訂貨進貨，清理誤食毒餌的死老鼠，全歸我管。我還記得一手捏著腐爛惡臭的鼠尾巴，一手找錢給摀著鼻子買汽水的憲兵官。不過這意味著我有了自己的房間，晚上拉下鐵門打掃，就像躲在硬殼裡梳理心情的絨毛，好了再出來面對世界。

體能戰技訓練期則另當別論，長官一通電話就開門；聽見哨音，關門大吉，鋼盔、步槍、水壺、刺刀、S腰帶、綁腿、軍靴立刻跳上身，這叫全副武裝。我最有信心的是刺槍術，牢記步驟，絕不會在前進突刺轉錯邊刺穿對方肺臟；最沒把握的是扔手榴彈，缺乏肌力，擲不遠，每趟都炸死自己；擲窗，又不進，炸死前方部隊。我都笑說我練的不是殺敵，是自殺技。

體能戰技不只是一個名詞，而是兩個顛倒循環的名詞，體能後戰技後體能後戰技後體能……我們被帶到如茵的草皮上，柔軟，舒適，像醫治疲憊的流沙，忍不住躺下，訓練官隨即斥喝我們翻過來做小飛俠——意即只用腹部頂地，頭手胸足翹起，反覆二十次，簡單來說，小飛俠這個動作就是模仿反覆觸電的蟾蜍。保庇跳結合了伏地挺身立定跳登山跑，一組動作三重享受。老漢推車與性愛無關，純粹是後人抬著前人的腳踝，讓他在這片可愛的碧草地上用手掌來回走，一趟五十公尺，多走幾趟，看草絲如刀山。通過整天流不完的血汗，才能開始收操拉筋，兩兩一組做伸展。同袍最喜歡在以膝蓋頂我背、上半身前彎痛不欲生無法動彈的時候，伸手愛撫我的下體，龜頭上打圈圈，刺激它勃起，站起身後大家注目弓著背的我取笑一番。幾個月下來我重了十公斤，背後看上去像頭小野牛，吃光了用餐時間還不飽，等著打掃中山室的學弟敢怒不敢言。當初那個想上吊的菜鳥一定想不到還會有今天。

退伍前最後一次看顧營站，我整天把門鎖住，任憑誰敲啊踹啊罵啊都不開門，有復仇的快感。可哀又可恥的日子啊，總算過去了，完了。

一年多的役期，遇上兩次體能戰技，都是這樣辛苦。而今健身風氣鼎盛，男明星紛紛袒胸露乳，鏡頭上大方指數六塊腹肌，鼓勵男人在家健身練肌肉的寫真書滿坑滿谷。這才恍然老漢推車在健身界叫手推車、保庇跳叫波比跳（Burpees）、小飛俠不得了，叫超人。當兵原來是免費參加國防部主辦的健身中心！不，修正，不是免費，還有錢拿呢，時薪三十四塊。

退伍後看見街頭穿挖洞背心（tank），袒胸露乳，上臂環形刺青的肌肉猛男，都讓我想起從前洗完澡，陪刺著鬼頭的同梯們抽菸暢談小吃店摟小姐的鹹濕場景。要花錢，所以不必練肌肉；練肌肉，就是想白玩。難怪健身房廣告說服男性挑戰更重的槓片、提醒女性戰勝體脂肪，每天不忘吃下半打不同的保健食品。美國的性別研究指出，玩具芭比的豐胸與細腰已經超過人類的自然極限，肯尼愈來愈大的肌肉也是廠商和運動事業合謀的結果。論文中有一條側注十分有趣：「走進健身房，人們重複著相同動作，鐵鍊與鐵片的撞擊聲宛如刑具，人們自願接受痛苦折磨——他們不啻是現代的薛西弗斯。」受刑而不走，為的是性吧。但絕不這麼說。

所以我只說，我開始健身，旨在避免老來患肌少症，解決目前肚大四肢瘦的夜叉身形，降低跌倒就骨折的機率；每個月自拍全身裸照，只是為了應付教練慘無人道的要求。每當被健身器材折磨得極痛極想死的那一剎那，往往會笑出來：什麼孤僻軟弱什麼拙於運動全部是年輕的感傷，歲月的風一吹，輕飄飄地就飛走了。老邁面前，性格也低頭，命運不讓我參透，於現實人生豈不等於沒有？

寫到這裡，腰痠手麻，天際大亮，也該出門動一動。我想，下次果子如果又要我陪她躲貓貓，我就哄她：別躲了，陪阿伯丟丟球吧！

等你到天明

離開飯還有一點時間，讓我們啟動 iPad，重返二〇〇九年。那年溫布頓（Wimbledon）中央球場加裝透明移動式屋頂，邀請阿格西（Andre Agassi）搭配葛拉芙（Steffi Graf），對戰比利時傳奇克萊絲特絲（Kim Clijsters）、前英國希望韓曼（Tim Henman）。沒有比這更好的劇本：天公作美地下起大雨，觀眾安坐，不撐傘不穿雨衣。在此之前，每逢大雨就得停戰，加上沒有夜間賽事，一場球賽打三天時有所聞。

暴雨於屋頂流瀉，閃耀的光影把草地球場洗得更亮，四位白衣選手，一片翠綠球場，場內歷史的溫度居高不下——沒有鷹眼，沒有感應器，網柱旁一位網審，手指輕輕按在網袋上，已逝的老派作風。

等到我親自飛往溫布頓球場已經是二〇一四年，距離我第一次看網球轉播也過了二十五年，覺得十分超現實：苗栗鄉下的孩子居然成年長大之後坐在螢幕前動手指就訂好倫敦來回機票與住宿。當年那個他聽了這故事一定會想：「明日世界就是瘋狂世界。」

如果你喜歡網球，除了是個孤獨的人，不會是別的。當同年紀的一群男生聽到下課鐘，丟下課本抱起籃球往外衝；我只是踅著腳，在圖書館書架前晃晃，翻翻《陶庵夢憶》，讀到明太祖不徙孫權墓的理由是「孫權亦是好漢子，留他守門」哈哈大笑，驕傲自己有上千本書陪著。如果你點頭，或許會聽懂我要說的，國中暑假，某一個命定的豔陽天，遙控器牽著我的手，坐進中央球場，場上只有兩人對決，左右奔跑，追著一顆小黃球，趕著兩次落地之前回擊。好可愛又好可憐的運動，無怪乎被稱為「貴族」運動。

自此我向鄰居借球拍，當了幾十年的假貴族，這項運動讓我對母胎帶來的「交友障礙」人格缺陷理直氣壯，你想，伊莉莎白女王會在魚市場蹲下來舔四色牌嗎？美國球王山普拉斯（Pete Sampras）失戀時，獨自以悲傷鍛鍊正拍，跑動中回擊名震天下；葛拉芙在大滿貫輸球後，用冬雪封鎖自己，在夏初向世人展現有如夢寐的怪物正手。

孤獨的人，多的是，要是有一個悲慘的童年就能更近網球選手一步。莎莉絲（Monica Seles）成長於南斯拉夫砲彈的間隙，葛拉芙甩不掉貪得無厭的父親。挾此以往，縱然當下的電視轉播有數以億計的觀眾，爆滿的中央球場正為叫囂與歡呼轟炸，攝影記者的相機永無止盡剪刀一樣的喀擦聲，這些傳奇人物依然能發出一記乾淨而兇悍的愛司，救下賽末點。他們就是那顆愛司球，每個人都想回應他們，每個人都揮拍落空。

讓我們專注於二〇〇九年這場比賽吧！轉播單位在廣告時間回顧了這些球員的英姿，轉播員的用詞圍繞「史上最偉大」、「傳奇」、「驚人成就」等等字眼打轉，提到了一九九九年葛拉芙對大威廉斯（Venus Williams）那場經典的準決賽。我記得，之後又在 YouTube 上看了好幾次：決勝盤，大威猛力揮擊，咬牙切齒地痛揍每一顆球，如果可以她應該想用球拍貫穿葛拉芙的心臟。眾人譽她是新的草地女王，而葛拉芙是當朝在位的，皇椅挨不進兩位王。卻見葛拉芙精準地輕觸、回撥，小黃球在拍上唱完了一首歌才彈走，舒服地落在每個不可思議的角落；反觀大威重擊之後，為避免出界，她必須穩穩地將重心纏在原地，從而影響了她回防的速度。相形之下葛拉芙的腳步年輕了二十歲，回擊球的落點像用雷射筆指的，精準。

這年已經沒有網審，你注意到了嗎？

這句話我要對窗大喊：「一九九六年之後就沒有網審了，很好！」很好，他們再也不必擔心被外角發球砸中腦袋。感應器取代網審，鷹眼設備死盯著線審的視神經，網際網路把每個時代端在同一個平面上，像是好多款式的浴缸，今天高興，泡泡四十年前的馬賽克拼花浴缸，明天高興，浸浸新製成的壓克力浴缸，一旦如此，時間的變遷成為了空間的花樣。這裡是九〇年代的山普拉斯，穿上過膝的格子短褲迎戰阿格西，觀眾猶疑那是否為睡褲時，不免記起了八〇年代男子球員的短褲非但高過於膝蓋，甚至只略低於鼠蹊，大腿健壯多肉，根本四角內褲外穿。

螢幕上阿格西單手回擊一顆已然遠離雙打線、被視為理所當然的死球，小黃球繞過球僮越過主審觸了邊線復活得分，觀眾起立叫好，我們的精神又回到這場球賽上面。不過，他們夫妻檔最終輸球。但是我不在乎，你也不要在乎，因為我們看見他們手上乍現的光，那叫靈感，是人一生中最難持有也最難解釋的祕密，甚至當二〇〇九年的時空被數位化以不連續電壓傳輸，粉末般的訊號精準地重建溫布頓中央球場於我們眼前，這道光仍未消失。

啊，你肚子已經餓了，我卻還沒說到溫布頓露營，你一邊吃午餐，讓我長話短說吧！

我在台灣的午餐時間離開英國國家廣播公司旁的青年旅館，跑遍體育野趣雜貨商家，就是找不到一頂帳篷。世事總這樣，愈靠近，阻礙愈多。搭地鐵，轉公車，一路小跑步，終於抵達球場外圍的公園的外圍草坪，開始我二十個小時的排隊等待。請勿吃驚，看那外圍草坪的外圍黃泥土地上，已經坐了幾十個人，他們想在四十四個小時後買到票，因為費德勒（Roger Federer）那天才出賽。排我前面的是來倫敦出差的印籍美人，兩手空空；排我後面的，是一對保加利亞夫婦，鋪上玫瑰圖案的塑膠布，拿出三個大保鮮盒，裡面裝滿了食物。我對他們苦笑，說：「你們真是有備而來，我手裡的三明治有點發酸。」

在大家又聊起誰是歷史上最偉大的球員前，我吃下了幾口保加利亞馬鈴薯什錦沙拉，印籍美人搭計程車出去晚餐，居然為我帶回一頂帳篷。夜裡氣溫陡降，我凍得發抖，帳篷生白露，黑暗中澌澌而下，寒氣如冰刀，抵住大小關節。本來會更慘，幸虧這半日的朋友。挨到天微微光，人們走出自己泡芙似的帳篷，走向一百公尺之外的廁所與洗手台，隨意聊聊，喜歡網球的人固然孤獨的，但並不妨礙與陌生人一起談談氣溫與露水。

我的位置離選手很近，但我忘記座位號碼，只能告訴你，我聽得到球員的呼吸，以及滑倒在地時，青草獨特的嘆息，手上的奶油草莓因他們的怒吼而微微震動，更加酸甜，或者，光是看球高速穿行，就能讓心臟怦然，肋骨粉碎。

成千上萬的孤獨者飛越九千七百六十八公里，只為叫上一聲心愛球員的名字，而他不聽不聞。有比這更浪漫的事嗎？

寂寞群眾的世界大同。聽起來滿不錯的。

來，你看，這是我拿到的貼紙，排隊時發送的。圓形的貼紙印著兩隻腳，上面寫：I have queued in the sun, Wimbledon.

原載二〇一九年九月十一日《聯合報》副刊

本文收錄於二〇二一年十月出版《當我們重返書桌：當代多元散文讀本》（蔚藍文化）

天天年輕

慢慢的，出現在網頁上的廣告從付費色情網站變成束腰、葉黃素、維骨力，廣告像慈母，時時刻刻提醒中年男子不年輕囉要保養囉。早些時候，我最討厭的詞就是保養，這個詞意味約束，也意味大齡男子應該要回歸家庭，少在外面浪蕩走跳。最近黑豹搖滾樂團的鼓手受訪時握著保溫瓶，引發網路上一片歲月不饒人的感嘆，如果裡面裝的不是開水，或者還泡著花旗蔘紅棗當歸，全天下的孩子們又可以放膽說話了。

瘟疫蔓延的當下，囤積書本和糧食之外，每個人關心的是如何藺居在家還能提升免疫力。無器材重訓啦，心肺增強術啦，強力瑜伽啦，熊式太極啦，連好久不曾露面的大笑氣功都重現江湖。管他什麼動作，我都跟著動一動，人類好不容易從四腳動物進化成兩足獨立，現在卻退化成屁股藤壺，到處死黏著。我也因文明演進而飽受頸椎退化之苦，我是真不想再回醫院拉脖子了，那個布圈，相信我，一定會引起人上吊勒脖的恐慌，特別當位置不對，微微觸碰喉結的時候。拉脖子的正確醫療名稱是「頸部牽引」，牽引的時候動彈不得，更加深冰涼的無助感。有回正端坐治療，突然拐進來一個老先生，後頸細如枯枝，紅腫的裸肉在傷口之外綻開，「怎麼會沒有皮膚呢？」醫護悄悄地回答隔壁老太太的疑惑：「癌症，剛手術。」他停在我身旁，發出介於黃膿與嘔吐物的氣味。另一次則是治療途中，後面的阿姨尖叫著媽！媽！怎麼了媽！復健室一片慌亂，我又不能回頭看，急死人，醫護長衝到桌子上撥電話：「病人失去意識，重複一次，病人失去意識……」

幾輪療程結束，肩頸沿手肘到指尖的痠麻感無影無蹤，醫生囑咐繼續退化還是有可能喔，長時間低頭讀書看手機寫字都會引誘它復發，是現代人最常見的文明病。我的天，惡疾橫行，非常時期，可不是我進醫院增加醫護負擔的時候，關在幾坪大的公寓裡能多動就要多動。散文家陳列寫他怎麼在牢獄生活中以散步保持活力，足見災難的手即使掐在脖子上，只要堅持動一動，都是高分貝的抗議，生的證據。只是當我摸摸愈來愈大的小腹，推推老覺得不通暢的膝蓋，難免有人生如露的哀嘆，禁不住感傷的光滑誘惑，痴彈起「寄蜉蝣於天地」的老調來。

你我都不能抗拒回春的渴望，去忠孝東路數一數醫美招牌就不言可喻；但是倘若要求人們拿出全部的財產換青春，恐怕只有破產的債務人才會歡天喜地。因此最好的打算就是死命拖住老化的步伐，參考專業指導，做一點和緩的運動，避免肢體不協調起床就摔倒，還可以隨興增添減少。最理想的運動應該就是瑜伽和太極拳了吧？瑜伽班上的阿姨挺直腰身，手臂貼緊雙耳向上高舉合十，全身束成一直線，向右伸展，角度居然只有十！我取笑她說熱身完畢囉我們已經開始運動囉，她抽動臉頰呻吟：「我……已經……到……極限……」老師的角度則是四十五。不過老師也不強迫，畢竟瑜伽意在感受自己的身體，今天比昨天多一點點就足以感人。難在身心靈處於冥想狀態，需要又使勁又放鬆、同時存在邏輯與反邏輯，好比燃燒與凝結的永恆合唱。學太極拳的朋友則告訴我，太極一招一式環環相扣綿綿不絕，腦袋依循記憶，指揮身體進行現下和接續的動作，沉肩墜肘，旋踝轉腿，拳掌更迭，變轉虛實，一身的四季流轉卻展現在軀幹的中正平和之下，難怪初學者花一個晚上還學不好一個轉身，想像起來行雲流水，現實當中卻是胖敦敦的旱地鴨踏步。

這兩種運動都不能線上學習，沒有專業教練在側，不但只是依樣畫葫蘆，還容易受傷，一步踏出就骨裂的所在多有。聽說游泳最沒有副作用（除非你硬要跳豎立「禁止戲水」的山澗），對膝蓋負擔小，對支氣管好，還能修飾線條。講到「聽說」，如果你真的比巴西象龜還懶得動，聽說按摩乃被動之運動，特別是把人當青蔥彎折的泰式按摩，按完渾身通泰，轟轟然隱約聽見血流聲；再來是土耳其擦澡，在蒸氣迷眼的浴場，異國大漢幫熱得通紅的你磨砂渾身的死皮陳垢廢角質，聽說擦洗完身體會變輕，人人都在華麗的浴場裡飄來飄去，伸手抓都抓不住，不知道是不是真的。想到按摩擦澡，男人們的嘴角都有掩抑不住的微笑，即使他們不是為了 happy ending，也耳聞努力按摩會陰能幫助勃起。西方人好奇我們怎麼對壯陽情有獨鍾，他們只須來按摩一回就解惑了。

皮相不老兼步履輕盈，似乎才是保養競賽的奧運金牌。曾經在百貨公司看過某位部長夫人，臉蛋僵硬，膝蓋滯鎖，言語遲緩，彷彿電力低落的洋娃娃。身體保健趕不上臉部保養，活脫脫是電影《捉神弄鬼》的重映：梅莉．史翠普和歌蒂韓飾演兩名面貌如昨但是身體一碰就掉滿地的骨灰級女人，要自己把滾出去的頭腳裝回來，再買鐵樂士噴漆維持膚色，怪誕的永生，讓她們羨慕死亡。誰不愛漂亮呢？林語堂分析箇中心態，說女人躺在床上做兩腿起落運動幫助腰身緊實、雪花膏護膚油讓臉部看起來光采動人、拒絕生育以免臀腹走樣，其心理動能都是為了保持性的誘惑力。林語堂如果活到現在，也會把躲在健身房操肌的花美男算進去，只怪青春美貌與鮮嫩肉體密不可分，性太甜美，於是甘於自苦鍛鍊。人性慕色，當然知道再怎麼醫美保養，終有一天豐乳肥臀也要衰弛，交友軟體的擇友條件常有「四十歲以上勿擾」。五官可以造假，出生年月日可不能欺天，不服老的社會資深人又想要保持年輕繼續狩獵性的歡愉，又放不開逐漸累積起來的權力地位，焦慮處境可比受困塑膠罐繞圈圈的白頭蒼蠅，辛苦辛苦。

我的薪水開銷在保養卻是學生所害。實習那年，臉上冒出巍峨大痘，無知的我又去擠壓它又不換枕頭套（相信我沒有大學生知道枕頭套隔兩週就要換洗），最後變成大如壁虎屎的痘疤。國一學生看到，指著我的臉說：「好像一顆很大的痣」，「哪有，比較像電視上的奸商」，「還少一根毛啦！」氣得我衝向書局搜刮時尚雜誌，發狠把津貼換成百貨專櫃的控油面膜、抗痘面膜，一抬頭，隔壁廣告箱裡的金城武臉上有神光，微笑地盯著我，我大受感召，又敗下保濕化妝水、男性活力精萃，希望自己這張臉和廣告一樣，零瑕疵。後來才知道，平面廣告無不修圖，櫃哥無不打粉。

無論如何，保養的習慣算是生了根，早晚不塗抹幾下總覺得不對勁，朋友教導，須從鎖骨往額頭一路按摩拉提，耳朵穴道多，更不可放過，如此保證不鬆不垮；另一個說，台灣第一美女教她每天都要模仿蜥蜴昂首吐舌頭，用力伸出去再縮回來，放鬆後再使勁兒頂出去，天天十分鐘，專剋雙下巴。我想起《虎度門》那個 **Piano** 要冷劍心學頂天立地、腰肢旋轉、前弓後馬，說這樣可以讓身材姣好，雙峰硬挺，冷劍心回她「覺得好肉麻」。

大抵而言，不畏懼老，甚至巴不得自己趕快老的大概只有十九世紀以前的歐洲男人吧？中下階層把全部注意力放在麵包，上層階級則被驚人的知識學習壓得早衰。小說家茨威格回憶，在重大的社交宴會，只有老成、嚴肅的人講話才有威信，是故人人留起大鬍子裝老，皺紋代表智慧，鎖眉代表深思，不重不威，能言善辯，是彼時上層階級完美男子的夢幻典型。十九世紀的男人很喜歡穿上西裝，一手放進胸襟，讓攝影師拍張半身照，我從前覺得奇怪，拍抓癢照是什麼意思？怎麼問也問不出答案。到了法國，一位攝影家才告訴我這個姿勢在告訴觀者「我很有智慧，我在思考」，乃時人的標準姿勢，愛倫·坡（Allan Poe）、波特萊爾（Charles Baudelaire）、李科克（Stephen Leacock）都拍過。我笑著說，動作可以模仿，哲學模仿不來；他笑著說，動作可以拍，思想我可拍不出來。

寧可為了知識犧牲美麗，難怪史家都說十九世紀歐洲最性感。凡人對這樣的比較，想法上多半是鄉愿的，行動上則奉行「吾生也有涯，而知也無涯。以有涯隨無涯，殆已。」可見其源遠流長。十九世紀以前的養生法，登高、登樓乃至八段錦、易筋經，還算正派，更多的是不好交付醫學驗證的房中術。此外就是吃，吃對了延年益壽，比天天騎馬跑步還強，天王補心丹、人參養榮丸、十全大補湯，號稱沒病強身；靈芝、茯苓、紅景天、冬蟲夏草各有妙用，分不清作用的話全部連雞燉湯吃下肚就是。年代更早一點，李白在香爐峰上運氣練劍修道求仙，再早一點，六朝人物好服五石散。而最古早的傳說中，人要趁月圓，走往僻靜的山林，觀察何處有金光聚如寶珠，上下踊躍，則可潛行速近，伺機攫金珠吞下，吞食時傳來一聲狐狸的慘叫。因為牠正在月夜吐元神為金珠，藉助月魄與山川靈氣獨自修練，換言之，金珠就是牠辛苦修練的道行，道行被侵占等於是前功盡棄，必須從「獸」來過，當然悲嚎不止。可是吞食金珠的人得到狐狸的道行，離成仙之日又近了一步。傳說狐狸要修五百年才得人身，再修兩百年成得男身，再修三百年才能成仙，故言狐仙有千年道行。我想，生而為人已經贏在起跑點，修道路上還想當強盜翦徑，這等懶人上了天庭，玉皇大帝也要罰他掃公共廁所，沒完沒了地掃。但神仙應該沒有我這麼惡劣的思想，何況誰聽過天上神仙鬧肚子。

至於上古之人怎麼養生，沒有一手的文字記載，只能猜。廟裡那些善書把黃帝寫得像街角抽菸喝茶的老鄰居，其實全部是杜撰。司馬遷寫到黃帝，都有「薦紳先生難言之」的慨嘆，只敢傳《春秋》、《國語》上的雅馴文字。輕聲承認自己的不足，足見他寫史之真誠，何況他還是親自壯遊四方考察過的呢！「不知道」這三個字也有千山萬水的重量。後世言之鑿鑿，附會攀扯，在粗野之中徒然見其偽也矣。要是放開歷史，光是不負責任地「猜」一下，上古之人或許就是配合日出日落，春夏秋冬，順任自然而已。因為保養的基本法門，大概在「養心」——心能快樂，腐蝕性的怨恨愁苦哪裡有容身之處？心是最抗拒世俗法則的。

對我來說，想到心的至樂是可能的，就能充滿一天的活力。不是有一首歌叫「天天年輕」嗎？關鍵字不是「年輕」，而是「天天」。日新又新，一覺醒來，洗臉剃鬍，化妝水輕拍，金質乳霜勻開，某些昨日死去的小小東西，在今晨又煥然復活了。如果我喜歡，儘管隨身帶上保溫瓶，在陡峭的未知與渾圓的宇宙面前，裝什麼都很好。

色身七帖

1. 保育類動物

爸爸忙生火，我忙吹氣，大竈燒得熱極了，就等叔叔們回來。妹妹跑進廚房看看我們有沒有偷懶，再跑到馬路上東張西望，急得要命，怎麼還不見人影呀。

叭叭叭，打檔機車馱著他們兩個，沿路高唱勝利的號角，進了院子還催一下油門，那示威似的一聲，往我們興奮的心情澆上一盆油，劈哩啪啦爆起來。

妹妹扯著他們的褲腳往廚房走，「快點啦——」

聽到聲響，我扔下竹筒衝出去，費了死力搶他們手上那幾隻鳥，他們舉得高高的，我和妹妹跳喔叫喔，沒效，碰不到，氣得捶他們的大腿。

「你們兩個啊差不多咧！」爸爸大吼一聲。兩位叔叔在爸爸的指揮下踢來小板凳，圍坐大竈前，拿出光溜溜的、醬汁油亮淋漓的小鳥，放在竈裡烤，屋後撿來的樹枝燒得嗶嗶剝剝，鳥肉受炙，竄出野蠻腥騷的焦香，我和妹妹跟著這曲芬芳的打擊樂，手舞足蹈。

撕開鳥翅膀，一小口一小口咬著堅韌的瘦肉，仔細吐出牙籤似的鳥骨，口水滴落地面。食淨鳥身，最後將乒乓球似的鳥頭塞進嘴裡嚼碎、吮咂，再把渣滓全部吐出。舔著嘴唇，看著竈內殘灰一點一點暗去，這「焦仔粑」、「伯勞仔」的風味，又要等下次過年回屏東才能品嘗了。

四十年前的事，那時不違法。

而今藍天上的伯勞鳥和我歡樂的童年記憶一起，列入了保育類動物。

2. 衛生紙之必然

登山好趁秋，許多人間恩怨還來不及收進山的肚子去過冬，擺在外頭風乾呢。

此時吹的風，薄脆地剛好。約朋友爬永和山，這座山坡度平緩，穿包頭涼鞋也能爬，疲累就靠在山腰邊的涼亭看水庫。休息夠了，走幾步路，壩上拍網美照。從前美景是放在腦海裡，現在美景是放在按讚數裡，未來美景則放在地圖評價裡。下午三點，水面萬千條金蛇蠕動，讓人想打撈來繞在指間炫耀，看哪，滑癢的戒指。

涼亭外，孩子們自由奔跑；涼亭下，老祖母忙剝橘。長長的指甲戳進臍裡，用力擘成兩半，分開橘皮，小心翼翼地把白色纖維撕掉。男孩撞來了，祖母餵，咬了幾口又跑開，過於豐沛的汁液流了滿手。她舔著虎口，食淨已經被男孩捏咬破爛的橘肉，左右張望。

我抽出兩張衛生紙遞給她。

謝謝，她說，我自己也有。

擦拭了口唇十指，她又向我道謝，回頭卻繼續剝塑膠袋中的橘子。

我向朋友說，poor grandma。然後我們都笑了。

兩張衛生紙，讓我看到可愛的風光，感受生活的況味。

朋友說對啊，活著還是不錯嘛。他想起某天晚上坐藍線，善導寺站上來一個女人，波浪長捲髮，鐵環扣成的背帶啣著一只鱷魚皮宴會包，露肩薄紗洋裝粉紅短裙，米白色魚口鞋，等等大概想在酒吧浪一浪。

車聲轟隆，她對準玻璃窗塗口紅，才塗好呢，車身一抖，口紅掉在地上，畫出長長的印子。

她撿起口紅，假裝沒事。

旁邊一個戴眼鏡穿T恤牛仔褲的素顏女孩，抽出衛生紙給她，瞪著她。

女人身材高，瞪回去，鼻孔裡哼出一道氣。

旁邊幾個女人助攻，女孩再瞪回去。

她連忙蹲下去擦那條紅印子，裙邊捲到了屁股蛋上。

一切在無聲中發生，在無聲中完成。

我捧著肚子大笑，對朋友說：「搞懂這個事件，就能搞懂台灣人吧。」

新冠疫情爆發，台灣人瘋搶衛生紙，媒體輿論罵翻天，心理學家千方百計為這個現象找解釋。唉呀，還不簡單，幾張衛生紙就能看出台灣人的愛恨情結，誰不搶！

3. 新夏的剪刀

殺生的剪刀，青藍色塑膠握把，刀身有手掌那樣長。阿彌陀佛，夏天趕快過去吧，檸檬樹應該就不再這麼可怕，自己也好趁冬天想想其他辦法。從花市辛苦搬上來的，我打定主意不送人，要留給自己煩惱。

從除夕算起，檸檬樹來此公寓已一百五十餘天，城市盆栽居然有小樹，白頭翁大感驚訝，相約來踏枝。偶然開幾朵花，花瓣白且長，蕊是蜜蠟黃，形如冠，柑橘屬的花朵馥郁芬芳，早晨的清風八方拂香，邀請蝴蝶穿梭其間，彩衣舞動了層層的碧葉。我的昆蟲知識比小學生還不如，蝴蝶只會分大小隻，隨口形容這隻黃面白漆點，那隻黑綢底粉紫裙邊，翩飛之時很美麗云云。

買檸檬樹回家的初衷很簡單，幻想幾個月就能採收網球大的檸檬，照養它長大的期間，還可以摘檸檬葉煮魚湯。中年人吃東西，轉求新鮮清淨，和攤販聊新上市的菜蔬瓜果，週末打開小品陶壺，慢試新茶，日子漸久，都要狐疑自己是不是到達「四十而不動心」的境界，或者說純粹是庸人的自我麻醉？

太陽怒火漸昇，提醒我每天都要關心陽台上那一排植物，夏季百毒發，土裡有蜈蚣，枝幹有蚜蟲，葉間有結網蜘蛛，樹頂有蘇鐵白輪盾介殼蟲，要捋要捏，要拍要拭，大太陽底下的毒蟲害我頭腦發脹。

於是我在檸檬葉上發現了牠們。

四、五隻毛毛蟲，每隻都有無名指粗，綠身蛇頭，黑斑紋，拿枯枝一戳，居然凶惡地吐出紅信。我像小孩子嚇得渾身發冷，汗津津逃回屋內卻又隨即變成經事的大人，握緊剪刀，對準綠毛蟲軟軟的身子正中央就剪，牠奮力吐長了紅信，好像在很痛苦地顫抖。掙扎過後，紅信消退，連頭縮進肉去，傷口流出濃裡帶稀的汁液，淡褐色的。我用刀尖挑開，屍首落入盆裡。

就這樣重複幾次，直到牠們全部斷成兩截，才滿足地去洗手，去沖茶。

接下來一個月，常常有這樣驚悚的鏡頭。事後就開冷氣，滑臉書放鬆精神。某天滑到一張照片，一模一樣的醜肥蟲；旁邊是摟著孩子咧嘴大笑的大學學姊，她寫說：

玉帶鳳蝶寶寶，弟弟告訴要我好好愛她！

真是抱歉。

那天起，我就把檸檬樹搬到落地窗前觀察，果然，穿梭在葉間的蝴蝶是在選擇一席適合孩子生長的床，摩娑既定，送身成一彎新月，產下半透明的卵。

也在陰暗的角落，發現枯蛹。想必是費力爬到很邊緣的地方，才疲勞孤獨地把自己牢牢綑縛。

兩指輕輕一捏，空的。

化蝶飛走了呀。飛去了長久夢想的遠處，在無人知曉的時候。

是懷著這樣平靜的內心，愚昧的覺悟，泡上一壺六安茶。或許明天，蝴蝶帶了生產的慾望，會再回來。

4. 刮鬍泡泡

每次上賣場，都帶回同品牌的刮鬍泡，我知道有些人不這樣，老愛換牌子，即便用得順手。對他們來說，鬍渣殺光了又活過來，活過來是等著被殺，每天早上重演徒勞無功的戲碼，享受復仇雪恨的爽快，不同廠牌的刮鬍泡是不同國家的背景音樂，盡責地伴奏著。

我覺得，人光是活著就好累好累，如果還要把心思放在蒐羅各式各樣的刮鬍泡上面，乃父我才不幹。

但是也不免狐疑，我是一個無趣的人嗎？問號的鉤子伸進了腦子裡翻攪，聽見好歌我學著唱，哪裡聘了新廚師就去訂位，還學了一年的肚皮舞呢。如果不是，為什麼不換換刮鬍泡呢？

再想想，刮鬍子和長大是一家子事，當年剛冒出青鬚兩三根，摸著扎手，肥皂泡沫一抹，拿起刮鬍刀就剃，果然見血。幾次之後才知道刮鬍泡必不可免，得像棉花糖厚厚地敷上一圈，讓它軟了鬍根，再把白色泡沫與黑色鬍渣一刀一刀削去，忐忑的心跳跟著刀片移動，終於平穩下來。水龍頭打開，流水滌盪骯髒。

它永遠心平氣和，耐心維持一定的密度，輕捧我的雙頰，說，有我照顧呢，放心。毫不猶豫地迎接自己每日的消亡，願意為我無條件犧牲，去下水道分解消失，為我，至死不渝。

有某人如此愛我，怎麼捨得外遇？

在許多人事的交接往來上我有市井匹夫之為諒也，自縊於溝瀆的決心；但是說到選擇刮鬍泡，我寧願當一名初看言情小說的傻女孩。

5. 氣墊鞋與牛皮靴

小胖右手拿的，是我的炭黑色球鞋，對著左右同學說：「沒聽過這個牌子，還氣墊咧。」

那些每天下課相約籃球場的男同學都哈哈笑了。

我不知道好笑在哪，看著球鞋後那一塊透明突起的塑膠，印著紅色的英文單字，air。是氣墊沒錯啊，賣我鞋子的老闆也說這是氣墊，透明的看得見，不會騙人，價格又公道，七百塊，還是有牌子的，Nepal。

這也沒錯那也沒錯，但是我一跑步就扭傷腳踝，怎麼搞的。

升上高中，「球隊的」說他那雙 **Nike** 名牌球鞋要價七千，打一次球磨掉五百。和他要好的狗黨搶走球鞋，下課時被當成玩具傳來丟去，主人苦苦追討著，髒話與求饒不斷。

我仔細看了一眼，真正的氣墊鞋才沒有一塊什麼像罩子的透明塑膠，鞋子堅固得像戰艦，猖狂的橘紅色外觀讓我猜想穿起來一定像緩緩穿越大氣層的太空艙，完美包覆，柔情密意。

我拚命把它扔給離我最遠的同學。幹，去死，媽的我被騙了。

我就這樣懊惱地長大。直到某一天發現自己鍾愛閃耀的、帶光澤的、大尺寸的配件，鍍金的項鍊，鑲水鑽的戒指，花襯衫，銅質粗扣頭皮帶，到現在我人過中年，都還分不清這是補償作用，還是報復心理。

逛街看見架上的尖頭牛皮短靴，扣環銀閃閃，襯托著整雙靴子油潤烏亮，我的眼淚幾乎要掉下來。想像某一場記憶中的集會，我穿著它站在中學高高的司令台，神氣地來回踱步，全校師生逆光瞇著眼睛，臉上掛著一副隨時要開罵的不耐表情。

我的心裡或許一直很想換掉那雙黑球鞋吧。

毀損的東西都能看見傷疤，說什麼受傷的心會隨著時間痊癒，都是假的。

刷卡結帳，短皮靴裝入硬殼紙盒，再放進紙袋，提在手上滿是開心的重量。禮物買給現在的自己。既然對往事無能為力，仍有破壞在前方，我沒有理由不讓自己快樂一點點。

6. 暴牙的敵人

看到我一直模仿電視上的戽斗，媽媽說：「你生病啊？」

我說好像長歪了，前排牙齒和後排牙齒一咬，上下排沒對齊。她聽不懂，我張開嘴，咬緊牙關，握著她的食指進去摸，「妳看，凹進去。」

她說每一個人都是這樣，沒事。

再大一點，我的下排犬齒受到擠壓，在齒列中像被討厭的同學，不准許排進隊伍裡。

我又問媽媽，這次她又說沒事沒事，反正沒藥醫，不理它心情就會舒坦。

它時時刻刻跟著我，怎麼能不理它呢？而且牙齒又不是痣，說話不說話，都能感覺到它的突兀，好幾次吃到飽都害我咬破口腔黏膜，打壞我搶食烤牛肉的樂趣。

嘿，你可以站進去一點嗎？

我躺在床上這樣拜託它。

過了幾個月，它依然故我。我才懂得祈禱不會有用，只是在製造希望的潤滑液，方便思想上的自慰罷了。好吧，我開始做心理建設，在老到必須換假牙之前，吃東西要慢，每半年口腔保健時注意它的變化。這是我和它的和平協定。

就像國際間所有的協定一樣，其命運不是被撕毀，就是一方製造出更大的麻煩，另一方只好出兵。牙醫師對我說，你這顆牙長歪了，容易卡殘渣，不好清潔，恐怕影響到左右齒，記得刷完牙還要用牙線剔乾淨。

鏡子一照，犬齒根、牙齦與左右齒形成一個盾形窟窿，窩藏黑的齒垢，雜色的肉絲。好傢伙，別想活命。自此刷牙我都特別注意這顆犬齒，刷、摳、剔、挑，天天在剿滅餘黨。

愈是這樣，愈覺得其他牙齒不夠乾淨，好比深深去愛一個人，就辜負了許多對自己有好感的曖昧對象，不能否認我也有點胡蘭成病，覺得自己的情人都願意別人愛我。

說給一個學生聽，他拿回自家餐桌當笑話，他當牙醫的父親送了我一支專業版電動牙刷，從此每一條牙縫乾乾淨淨。

這麼簡單的方法，我卻不知道。

誰都可能是一顆奇怪的，要求太多的暴牙，落在隊伍外面，造成他人的困擾，即便沒意識到，卻真的是自身存在於世的結果。可惜，人與人的齟齬沒有買一支電動牙刷這麼簡單的解法，何況犬齒再乾淨，它還不是會咬破我的口腔？

7. 慢動作開放

雙臂划出圓，雙腕緩緩地向內轉，以樹頂葉面變色的速度，向內，向內，力道一次比一次沉，筋脈在繃緊中舒緩，舒緩中繃緊，血液半醉半醒，暗中一點光，維持心神不墜。

緊接著是顏色。飲下葡萄汁，罩上敵日之紅綃紗，垂首低眉，凝視遲疑的腳趾在半空中擺動。

總要繼續的，不是嗎？

宇宙的磬開始敲打，高一聲，低一聲，聲聲催促，無情的巨掌搗住後腦，你轉過身，卻搗住了眼。雙臂划出圓，十指慢動作開放，模仿全世界全部的花朵，倒退著前進，倒退著走向死亡宮殿，巨掌沒有張開，盲目地，用水珠拒絕更漏的速度，你在相對的暗中走向絕對的黑色。

流霞紅葡萄紫之外的藤蘿青、麥芽黃煙霧在你身後成片成片地衍生，你沒看見；眾生如流星，在人生的虛空中此起彼落閃耀，你也沒看見。不留意，何曾留情？呀，美麗的色彩終究被忽略了，自顧自地消散，滅絕。

雙肩向後畫著圓，基於對直線之藐視，堅持迂迴之舞步，進退之間，宇宙老了，你的眼睛腐爛了，你的耳朵凋落了，你的鼻子風化了，可是你獲得合而為一的直覺。即便那隻巨掌從未鬆手，你也不再怨恨，安然於殘酷後孤獨大歡喜。

遠處那一點光搖曳擺動，你心中了然，皮膚泛開淡綠的清涼。半透明的幽靈追蹤而來，在遙遠的地府嗅到成熟的芬芳，追蹤而來了，它們看著你轉動肩，轉動臂，轉動腕，轉動指，平穩地倒退。

它們上下環繞，欣賞你無比圓熟的舞步，嘆息你長久忍受的寂寞。

它們決定讓你安息。

搖曳的火光被吹熄了。

巨掌遽然鬆開，你看見了宇宙內外一切一切的真相，笑出聲，唉呀，原來如此。

被狠狠粉碎的靈魂，漂浮夜空。如果凡人仔細辨認，可以在星辰之間認出你來，形狀像慢動作開放的花朵，那就是了。

歡迎使用本產品

我在燈下寫這篇文章的時候，肩胛旁像插著一把鋼刀，深深淺淺的呼吸，和手指頭的輕微顫動，都在搖晃著它。痠麻的抽痛，出現在二十五歲、剛退伍出來教書的我。當年學生的娛樂還是看小說看報紙，故頗具偏才，能準確說出《三國演義》生吃自己眼珠的是夏侯惇不是夏侯淵，或金庸小說角色性格命運大剖析，比方說公孫綠萼如果住在台北多看一些爛男人就不會這麼命苦。我為了應付這些奇正雙出的知識，一回家就蹲在電腦前編講義看資料偶爾打遊戲，十指翻飛，兩肩高聳，從側邊看上去一定很像隻固定在岩石上的海葵。

某個冬夜，轉身要去沖茶，突然胸口悶脹，那樣粗礫割喉的層層推擊，讓我想起吞金而死的婦人，咽在食道口，下不去。我想我完了，我要廢了，前胸、肩窩、關節、手腕、後心……一起響紅色警報，痛死了，伊呀呀呀刮刮，那時才知道痛覺原來是噪音，而且是高溫噪音。

真是被滾燙的疼痛一針一針來來回回縫透了。熬了一夜，腦海想的是趕緊請假，去按摩。師傅一按，唉呀你肩膀好多氣結啊我幫你推開，翻過來，趴著，這邊按下去很瘦齁，這裡是膏肓穴，病入膏肓的膏肓，你如果很痛就叫出來不要憋氣，我一個客人還沒有按就哀哀叫，她跟我說她就是來發洩的，叫一叫，身心健康。先生你太常低頭啦頸椎退化連脊椎都側彎喔，長短腳，固定時間就要來給我喬，哎，先生你還蹺腳，左邊膝蓋也塞住，下半身這樣子軟趴趴，姿勢要注意啦，唱歌的阿吉仔你們年輕人不認識齁？

兩坪大的診療間在我的哀嚎聲中拓寬了，粉色的床單、毛巾、枕頭套布置著遼遠的沙漠，我是一隻掉落其間的雁。整脊師傅抱著我，要我深呼吸，我清楚地聞到他胸口殘留的二手菸，環抱我的肩，叫我吐氣，啪一下扭轉我的脊椎，像是生鏽多年的鐵門猛然被超速的轎車撞翻。如綿的瞬間，眼角忽然湧起醬色的哀憐，想到患風濕的老狗，年少時也是活蹦亂跳。

健康的中學生關節潤滑，不甘於走路，還要學跳恰恰和華爾滋，一群男生為了聖誕舞會不要踩碎女孩們的玻璃鞋，每天中午猴據著活動中心練一小時的舞，踩髒同學的球鞋嘛就無所謂。前半個小時笑鬧加髒話，蹦蹦恰恰恰，鬧哄哄的，忽然之間完完全全消失在 The One You Love 的浪漫前奏中，原本雙雙對對的舞伴嘩一下散成鼠群。煽情的薩克斯風點燃男孩們的賀爾蒙，舞蹈老師握著麥克風大喊：「手牽起來，同學們輪流當女生，誰都不吃虧！」實則在數次交換男女角色華爾滋的舞步中，彼此都輪流吃了虧。一手牽著，一手摟著，挺直了腰桿，不准低頭看腳步，眼睛直視對方，收緊了腹部，一二三，一二三，順時針踩著方形的舞步，大家都是雞尾酒桶子裡旋轉的冰塊。轉得久，暈眩中男舞伴的眼光也會羞怯地低垂下去呢。跳完這半小時，手掌都是濕的。

這樣一年玩一次真的是不過癮，即便上大學約朋友去舞廳亂跳也好像只是換地方做有氧運動，自由的身體有著對規律的渴求，這是人性。瑪莎・葛蘭姆（Martha

Graham）說：「身體不說謊」，雖然我知道肢體是敘述情意的符號，怎麼愛怎麼跳，心底歡樂腳背就延伸、跳躍、旋轉，神經線痛苦就抱膝、顫抖、匍匐，但是舞者是怎麼把凡胎訓練成情感符號呢？

你一起來動一動吧！護士阿姨笑著拿出報名表。

原來護士阿姨和人事主任說好，找二十個女性教職員開舞蹈班，說是一群女人扭腰擺臀比較不尷尬，但是還差兩個人湊份兒，便「熱情邀請」我和另一個代課男老師加入。天上掉下來的機會我當然答應，就這樣順利開成，敦請名師蒞臨指導。

第一堂課，其他學員紛紛拿出一小片彩紗裙來，裙面縫滿亮片，組合成不同的花紋，花紋巧纏金鈴鐺，下擺墜桃紅流蘇，綁在腰上搖動，嘩啦啦好比颱風天江頭浪花。我兩手空空地來，看傻了眼，老師兩截式舞衣，前後襯薄紗。原來這個班學的是肚皮舞。肚皮上放根魔杖、腰腹像蛇捲進捲出的肚皮舞！

老師揮手止住這群放浪少婦，她要教的不是這個，她要求我們去感覺身體每一個關節、每一吋力量、每一次呼吸，分開摸索，然後，「像背詩一樣牢記它」。隨即示範功課，每次只擺動一個地方，身體的其他部位就只是「托」著，不准亂移。我才發現原來我身上還有這束肌肉那條筋，原來是這樣運動；電臂的祕訣也不在那兩團肉能甩多快，而在腹部核心的強烈緊縮。初學者忍不住要歪斜軸線去輔助動作，但是那樣等於什麼也沒鍛鍊到。我幾乎要相信舞蹈就是孤獨的，和所有藝術一樣，唯孤立無援才看得明，看得清。至於手的伸張，腳的彈跳，一樣的道理，練就是了。苦練下去就能練出對的身體，在此之前，全是廢話；在此之後，金科玉律。

到學期末我已經被拱在最前面，不是因為我跳最好，是因為我終於察覺，女同事們根本不是怕尷尬才組織娘子軍拜師學藝，她們要的是奇技來增進夫妻情趣，所以在綁上臀巾（hip scarves）練習下擺胯（Hip Drops）時特別來勁。至於另外那個男生，他喜歡自己在教室邊緣轉化老師的動作成中國西北的民族舞蹈，偶爾帶一點夏威夷風情，他告訴我，原來他的手除了解數學習題還能做別的事，真是開心。

按摩的痛苦忽然讓我憶起這原已忘卻的舊事。我鼓勵自己，還要去頸椎牽引、熱敷、電療、照紅外線，療程結束去伏地挺身、吊單槓、舉啞鈴，重新認識我的身體，這次與身體不只是戀情，必須像婚約，非得天長地久。而今我坐在桌前，像狐狸般一直伸展脖子，告訴自己這些抽痛痠麻都是花心的懲罰，外遇3C產品的代價。現代科技以剝奪身體動能為賣點，贏下世上夜晚有電的地方，脫光白晝時內心的害羞，網路世界沒有什麼健保卡號碼，連線就對了，掉在網裡就對了，今晚會看見毛臉的長腳蜘蛛嗎？或者最新的瘦臉電波儀？還是新出土的冤死木乃伊？我坐在電腦前面期待著網路冒險，任憑那把刀繼續插在肩胛骨上。

背棄與身體的盟約，因為我在不知不覺間被時代改造了。不過據說身體將會和人類分道揚鑣，進入後人類時期：企業家說為避免時時滑手機造成的交通事故，直接將晶片植入腦中，用眼球閃動即可開啟，晶片直接插足大腦中的五感反射區，烈火雪地花園古墓都能身歷其境來場遊戲；想旅遊，高空遨翔、名山大川、文明遺產，直接在小小的虹膜投影；想如廁，透過晶片呼叫居家照護機器人，乙乙然游來，幫主人鬆開褲頭，自己變形重組成一只張大的口腔，就尿進去。把身體簽付給機器，人生就自在多了。一旦退化到現代科技也無可救藥的地步，關機就好。

老子說，人最大的痛苦，是因為人有身體；或許把老子的話顛倒過來講會更清楚：因為痛苦，所以身體一直想逃離身體，所以才能孕育智慧、創造神明。看看這具一天到晚和你作對的肉體，認真寫稿時五十肩，進廟門參拜突然勃起，跳肚皮舞腸胃炎，上台領獎扭傷腳，唉呀這是荒謬主義，是智慧的啟迪。相信我，舞蹈就算刪去舉手抬腿，只剩下不停地旋轉，人類也會進化，因為身體和自轉的天體一樣偉大，天行健，並非遙遠的想像，天的運行就在身體的舞蹈裡。人和身體如果陌生了，也要和世界陌生了吧？

消費經濟發展已經占領了我們的時間、我們的專注力、我們的健康，遺留給自己的，所剩無幾。但時局如此，我對軟弱易滿的人類也不抱什麼改變的希望。如果有可能，我發願替未來的大腦晶片設計啟動程式，先 run 這個程式，系統才能開始運作。那是我最近的一個夢，場景是十九世紀舊倫敦街景，霧濛濛，打著哥德式慘澹曖昧的燈光，後街凌亂地躺著幾位剛被開膛的紳士，數不清的白眉白髮白鬚蓬亂的白色小老頭，各自推著超市那樣的購物車在路上跑，鬚髮因快速奔馳而怒張戟刺，我癱在車裡尖叫，推我的那個老頭嘴裡喃喃念著：「小桃車小桃車小桃車……」我不知道為什麼我的大腦皮層顯示這三個字，或許和什麼古典文學有關，我只知道只要是人他都坐在車裡，都在尖叫，隨時可能對撞，或要摔進哪個溝裡，實在是害怕到不知道怎麼辦，只好抓緊車緣繼續坐著尖叫下去，沙啞乏力虛脫。

警示音隨即響起，有人在你耳邊甜蜜地說：「歡迎您開始使用本產品。」

跋：不遠千里而來

我最喜歡看冒險故事，尋寶、追殺、遇仙、死亡、逃生，然後再去尋寶。《白鯨記》那個瘋狂的獨腳船長，在碧藍的海面上只看得到地獄血紅的火焰，睜大布滿血絲的雙眼四處追殺咬斷他腿的敵人，白鯨莫比迪克。白鯨不是天生白，是老了，像老人家白了頭，所以有人說船長就是那頭不馴的白鯨，處心積慮地要去殺死自己。可怕的心原來可以吊起整座海洋尋仇，只要夠痛苦。

上了這條破爛捕鯨船的邊緣人以實瑪利，在船隻被大海拍碎吞噬前僥倖躲進一副棺材，日夜漂流，居然獲救，引用《聖經·約伯記》：「唯有我一人逃脫，來報信給你」，人證物證都在海底分解殆盡，但就是有什麼東西透過敘述，成為故事，歷劫而愈壯。幽幽然的時間與空間自顧自地存在著，沒有感情，所以才能試煉感情，古人說

「日久見人心」，活著就是捲起袖子解決去而復來的纏人的庸俗。年輕時揮拳，為了打造自我，中年揮拳，自覺是「含恨出手」，發狠把這顆長久以來護著的心掏出來，桌上一擺，作現下人生鐵證。

寫東西與其體系嚴密，不如鬆綁得好。我喜歡絮絮叨叨，迷途不返的快樂，勝過化身電子地圖上的小藍點，單身的自由行，晃蕩著，能看到更多可愛而無用的陌生人。大學課堂上，我也喜歡聽老師跑野馬，從李商隱講到普魯斯特，最後從卡夫卡的城堡出來，有離題的過癮。我同時又迷信結構的快樂，反覆交錯的瑣窗格子纏枝番蓮紋阿拉伯書法必然隱藏神祕力量，因此這本散文集裡有害羞的疊印，悲傷的對望，煩躁的分割視窗，看似往事舊回憶，希望都能讓你——我親愛的讀者——目擊散文藝術的鏡壁倒影。散文裡面的我有什麼重要呢？還不是為了讓圍觀的人點頭嘆息：唉呀可以是這樣的。否則，作者的實境秀，哪有讀者的生活重要？

遙遠的年代有一個孟子，國王問他：「老先生，不遠千里而來，想必有什麼好處給我吧？」孟子吊他胃口，先把他罵一頓，再補充一大串，最後才把唯一的答案告訴他。走了這麼久，想必是真心的；說了這麼多，可敬又可憐，顯然是追求藝術化。不然實用性的言語，半句就夠，比如說去掃地、明天匯款五千塊、買烤雞腿便當。在按讚貼圖傳訊息開視訊的年代，或許我只能用時間與空間去證明我在乎寫作，所以我仔細收拾故事，繫緊鞋帶，試試鞋底實在不實在，慢慢地從蒼茫的地平線彼端一步步，頂著歲月風沙，不遠千里而來。

這是我第一本散文集，也是我在九歌的第一本書，收錄的文章有在報紙上發表過的，也有全新的創作，開個玩笑，就說是「新歌加精選」吧。感謝素芳總編的鼓勵與建議，編輯晶惠、企劃沛澤的協助，你們對這本書的努力，讓它更突出，也削去我許多的惶然不安。感謝佳嫻、性傑，你們的序言讓我獲益良多，讚美與批評，我全然接受；感謝推薦本書的諸位先進，我對你們的回報就是把下一本書寫得更好。

我十三歲讀屈原的〈九歌〉，也讀九歌出版社的書，那時候的書背款式統一，在書架上整排望去，好像綠洄波蕩漾著白荷花，我以為那就是屈原歌聲裡的原色。三十年過去，曳航文字的長河，這本書是我和九歌美麗的漩渦，希望讀者們流連其間，都能有幸福的暈眩。

九　歌　文　庫　1387

尾巴人

國家圖書館出版品預行編目 (CIP) 資料

尾巴人 / 林銘亮 著 . -- 初版 . -- 臺北市 :
九歌出版社有限公司 , 2022.9
面 ; 14.8 × 21 公分 . -- (九歌文庫 ; 1387)
ISBN 978-986-450-480-0 (平裝)
863.55　　111012152

作　　者——林銘亮
責任編輯——張晶惠
創 辦 人——蔡文甫
發 行 人——蔡澤玉
出　　版——九歌出版社有限公司
台北市 105 八德路 3 段 12 巷 57 弄 40 號
電話／02-25776564・傳真／02-25789205
郵政劃撥／0112295-1

九歌文學網　www.chiuko.com.tw

印　　刷——晨捷印製股份有限公司
法律顧問——龍躍天律師 ・ 蕭雄淋律師 ・ 董安丹律師
初　　版——2022 年 9 月
定　　價——300 元
書　　號——F1387
I S B N——978-986-450-480-0
9789864504794（PDF）